힉 스

힉스

초판 1쇄 인쇄일 2015년 01월 22일
초판 1쇄 발행일 2015년 01월 27일

지은이 이창근, 이상철
펴낸이 양옥매
디자인 이윤경, 신지현

펴낸곳 도서출판 책과나무
출판등록 제2012-000376
주소 서울특별시 마포구 월드컵북로 44길 37 천지빌딩 3층
대표전화 02.372.1537 **팩스** 02.372.1538
이메일 booknamu2007@naver.com
홈페이지 www.booknamu.com
ISBN 979-11-5776-015-2 (03810)

이 도서의 국립중앙도서관 출판시도서목록(CIP)은 서지정보유통지원 시스템
홈페이지(http://seoji.nl.go.kr)와 국가자료공동목록시스템
(http://www.nl.go.kr/kolisnet)에서 이용하실 수 있습니다.
(CIP제어번호 : CIP2015001797)

힉스
Higgs

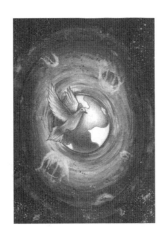

감정파동

이창근 · 이상철 지음

책과나무

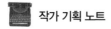 **작가 기획 노트**

책을 만든 이

공동 저자 _ 아들 이상철 (인천국제고 3학년)

　　　　 _ 아빠 이창근 (원광대 D 동양학 학사, 교육학 석사)

표지 그림 _ 딸 이유경 (인천디자인고 2학년)

소설의 시점

　제한적 전지적 작가 시점으로, 초보 작가가 소설을 전개하기에 가장 무리 없는 방식이라는 생각에 이와 같은 시점을 선택하였다.

중편소설

　처음 써 보는 작품을, 그것도 아빠와 아들이 공동으로 저술하는 소설을 장편으로 하기에는 너무 많은 시간과 많은 것들이 필요할 것 같아서 시간적 여유와 작가의 집필 능력 등을 고려하여 중편소설로 집필하기로 결정하였다.

　또한 이 소설을 읽을 주요 독자가 학생이라는 점을 고려하여 짧은 시간에 읽을 수 있도록 각 장의 분량을 최소화하되 스토리는 빠르게 진행되도록 집필하였다.

힉스

중 · 고등학생의 과학적 융합 사고 증진과 인류애 고취를 위하여 집필하였다.

동서양 과학의 융합을 시도하고, 인류의 평화를 구축하고자 하는 의도로 이 책을 기획하게 되었다. 과학적 사실과 과학적이지 않은 사실의 융합, 픽션과 논픽션의 융합, 상상 속의 이야기와 과학적 · 역사적 사실의 융합, 가공된 뉴스와 실제 뉴스의 융합, 그리고 아버지의 생각과 아들의 생각의 융합 등과 같은 과정을 기술하였다. 그리하여 누구라도, 어떠한 방식이든 융합적 사고에 접근할 수 있음을 알려 주고자 하였다.

이 작품은 각기 다른 세 가지 방향과 관점의 이야기를 하나의 방향으로 유도하여 결론을 내리는 구성 방식을 사용하였다.

특히 주인공을 두 명으로 설정하는 스토리 진행 방식을 택하였다. 첫 시작은 아버지가 시작하고 결말은 아들이 맺는 형식을 취함으로써 또 다른 의미를 두고자 하였다.

먼저, 이야기 구성의 첫 번째로는 학교폭력과 우정에 대한 이야기를 다루었다.

그리고 두 번째는 세계의 테러와 전쟁에 대한 이야기를 짤막한 뉴스 형식으로 삽입하였다. 그 이유는 독자 스스로 소설 속에서 세계의 정세가 긴장감 있게 흘러간다는 것을 인지하게 하기 위함이다.

세 번째로는 힉스물질 연구 과정의 실패와 성공을 세밀하게 구성하였다. 이 과정에서 동서양 과학의 융합에 대한 소재를 다루어, 학생들이 융합을 폭넓고 다양한 부분과 접목할 수 있음을 알게 하고자 하였다. 이 부분에서 소설이 교과서처럼 지루하다고 생각될 수도 있지만, 융합 과정의 미로를 탐색해 보는 소중한 경험을 독자와 함께하고자 하는 마음으로 집필한 것이므로 많은 양해 바란다.

이상의 세 가지 이야기가 하나의 커다란 줄거리로 연결되어 결말로 이어지게 하였다. 학교폭력은 조직폭력배와 연결되고, 조직폭력은 세계의 테러 분자들과 연결되며, 세계의 테러는 국지적 전쟁으로 발발하면서 인류의 존재를 위협하는 핵무기 사용으로 확산된다. 그것은 인류의 종말을 의미하는 것으로, 매우 위험한 상황에 이르게 된다.

세계의 종말을 미리 감지한 인류는 패닉상태에 빠지고, 그 결과 지구 곳곳에서 불안과 공포를 이겨 내지 못한 자살자들이 속출하고 정신적 공황상태에 빠지게 된다. '신도 인간 대 인간의 싸움에 포기하고 구원하지 않을 것'이라는 확신 속에서 인류는 희망을 잃어 간다. 그것을 멈출 수 있는 것은 힉스물질에 감정파동을 융합한 융합물질을 인간 개체에 확산시켜, 악한 감정을 선한 감정으로 변화시키는 방법밖에 없다. 그러나 신의 영역을 넘게 되는 윤리적 문제에 봉착하면서 주인공 부자

(父子)는 갈등을 겪게 된다.

　그러한 갈등 속에서 결단을 내려 인류를 구원하지만, 인류에게는 또 다른 전쟁이 다가오고 있었다. 인간 대 인간의 전쟁이 끝나자마자, 판데믹의 공포가 엄습하고 있었던 것이다. 이처럼 인간 대 바이러스의 전쟁이 예고되는 가운데, 소설은 막을 내린다.

이 책을 기획하게 된 아빠의 동기_

내가 이 책을 기획하게 된 데에는 네 가지 이유가 있다. 먼저 첫 번째는 자국의 이익만을 위해서 무력 도발, 경제적 · 물리적 테러도 서슴지 않는 현 세계의 흐름을 보면서, 미래를 살아갈 청소년들이 걱정되었기 때문이다. 그래서 아들과 의기투합하여 우리 청소년들에게 인류애를 고취시키고, 세계 평화를 위한 관심을 유도하기 위하여 이 책을 기획하게 되었다.

두 번째는 우리 아이들이 고등학생일 때 아빠와의 소중한 기억거리를 하나 만들고 싶었기 때문이다. 어릴 적 아이들과 함께한 여행들은 사진 속에서 추억으로 남아 있지만, 우리 아이들의 인생에 색다른 기억거리도 하나 추가해 주고 싶은 마음에서 기획하게 되었다.

세 번째는 내 자신이 못 다 이룬 꿈을 아이들을 핑계 삼아 이루어 보고 싶었기 때문이다. 아이들과 함께 이 책을 통하여 글을 쓰고 싶다는 꿈, 내가 집필한 책을 한 권 남기고 싶다는 소망을 이루고 싶었다.

더불어 독자 여러분들이 이 책을 통하여 지금의 나는 어디를 바라보고 있는지, 혹시 우물 안 개구리처럼 자신의 짧은 지식에 의존하여 보이는 것만 보고 있는 것은 아닌지, 한 번쯤 되돌아 봤으면 하는 마음에서 이 책을 기획하게 되었다. 세상의 사물을 보는 눈을 확대시키고, 모든 것의 가치를 새롭게 바라볼 수 있는 혜안을 갖기 바라며 많은 소재를 다루고자 하였다. 무릇 저자들보다 더 많은 자각의 시간이 되었으면 한다.

이 책을 기획하게 된 아들의 동기_

처음 아버지가 책을 내자고 제안했을 때, 고등학생의 입장으로서, 또 경험이 부족한 시기임에 선뜻 제안을 받아들이지 못했었다. 그러나 아버지가 용기를 내어 공저를 기획한 만큼 아버지의 뜻에 따라, 미숙하지만 책을 내는 데에 조금이나마 도움이 되고자 한번 도전해 보기로 결심했다.

하지만 무엇보다도 이렇게 '공저'라는 이름을 달고 책을 내게 된 가장 큰 이유는 책 집필에 대한 아버지의 열정을 보았기 때문이다. 50대의 연세로 소설을 집필하고자 하는 것은 쉽지 않은 결정인데, 어렸을 적 꿈을 이루고자 하는 아버지의 열정에 감탄하였다. 아들인 내가 미숙하지만 조금이나마 아버지의 열정을 살릴 수 있다면, 그것이 아버지에게 행복을 드리는 일이라면 마땅히 그렇게 행하는 것이 효도하는 것이 아닐까 하는 생각에, 끝까지 도와드리기로 결심했다.

소설을 집필한다는 것은 자신이 상상한 이야기를 마음껏 뱉어 내는 일이다. 그런데 소설을 공저한다는 것은 두 사람이 같은 이야기를 내뱉는 것이 아니라, 두 사람이 하나 된 마음으로, 마치 하나의 입에서 나오는 것처럼 이야기를 하는 것이다. 책 집필을 통해 사춘기를 겪으며 그동안 나도 모르게 기피해 왔던 아버지와 소통하는 계기가 마련된 것 같다.

다양한 집단의 수많은 사람들이 책을 접하게 될 것이라 믿는다. 책을 읽으며 단순히 내용을 읽고 즐기는 것이 아니라, 더 나아가 마치 작가와 소통한 것처럼 책을 읽은 독자들이 다시 새로운 작가가 되어 자신이 하고 싶은 이야기를 당당하게 누구에게라도 다가가 들려줄 수 있었으면 좋겠다.

힉스

이 책을 읽으면서 이 책의 부족한 점을 찾아내고 발견하는 것도 이 책을 읽는 재미로 생각해 주셨으면 고맙겠다. 또한 정제되지 않은 문장, 불편한 서술 등도 이 책을 읽는 독자의 취향대로 바꿔 보는 것도 이 책을 읽는 재미로 생각해 주셨으면 한다. 풍경에 대한 묘사 또한 독자의 경험과 상상력을 동원하여 각자 나름대로의 풍경으로 상상의 나래를 펴 보시는 것도 이 책을 읽는 재미로 삼으셨으면 한다.

화가도 자신의 취향에 따라, 자신의 표현 방식에 따라 정밀묘사를 할 수도 있으며, 추상적인 표현을 할 수도 있는 것 아닌가. 그처럼 소설가도 자신의 표현 방식에 따라 정밀묘사를 하거나 혹은 추상적인 묘사를 할 수 있다고 본다. 따라서 인물 묘사, 풍경 묘사가 정밀하지 않다고 하여 작품의 완성도가 떨어지는 것은 아니다. 오히려 독자의 상상에 맡겨 더 풍부한 감성을 자극할 수 있으면, 그것으로 작품의 완성도가 채워진다고 생각한다.

부디 독자는 이 작품의 묘사와 표현 방식을 다른 소설과 비교하지 않았으면 한다. 되도록 우리들만의 표현방식으로 집필하고자 하였으므로…….

|목차|

H
i
g
g
s

학교폭력, 테러, 무기 경쟁과 개발, 전쟁, 우정,
종교관, 기아문제, 장애인, 환경문제, 여성차별
문제, 물리적 과학과 정신적 과학의 융합, 동서
양 과학의 융합 등 다양한 부분에 대하여 시사
하고자 한 이유는 독자와 더불어 폭넓은 시각으로
세상을 바라보고자 하기 위함이다.

팝콘 브레인

밤 10시를 넘은 시간이었으나 도시는 아직도 낮처럼 밝기만 하였다. 낮에 비하여 음영의 차이가 더욱 뚜렷하여 어두운 곳은 더욱 어두워 보일 뿐, 활동하는 데에는 아무런 차이를 느낄 수 없는 밤이었다.

화려한 LED 불빛과 네온의 불빛 그리고 상점들의 대형 유리창을 통하여 쏟아져 나오는 인공의 빛들이 떨어져 내리는 빗방울에 반사되어 반짝였다. 그것은 마치 하늘의 별빛들이 아주 작은 조각들로 부서지고 나누어져 빗방울 속에 갇혀 있는 것 같았다.

그러나 인공의 조명과 어울려지는 자연의 비가 왠지 측은하게 느껴졌다. 자연의 대지 위에, 초록의 식물 위로 내리는 비였다면 축복의 비였을 텐데…….

온갖 매연과 공해로 찌든 아스팔트 바닥 위에 떨어진 비는 어쩐지 어색한 존재처럼 느껴졌다. 서로 어울리지 못하는 이질체끼리의 만남으로 보였다. 서로가 서로를 필요로 하지 않는 이질체…….

힉스

봄밤에 내리는 빗방울이 많은 사람들의 젖은 신발에 밟힌 채 구정물로 범벅되어 있는 지하계단을 한 계단, 한 계단 미끄러지지 않으려고 천천히 내려오면서 김철학은 생각하였다.

'밤은 분명히 음양의 이치로 볼 때 음의 기운이 강한 것이다. 그러나 현대인들은 음의 기운도 무색하게 만드는 재주를 가지고 있다. 인공적인 조명으로 그 모든 밤의 음기를 상쇄시키고 있다. 이제 밤은 온전히 음의 기운이 서리는 그 밤이 아니다. 음양이 난잡하게 혼재된 밤일 뿐이다.'

땅속에는 이미 많은 사람들이 모여 있었다. 어두울 것이라고 짐작했던 땅속은 비가 내리고 있는 땅 위보다 오히려 더 밝은 것 같았다.

두 눈으로 광선을 쏘아 대며 달려오던 철룡은 세차게 달려오던 것과는 달리 가볍게 정지하였다. 철룡의 옆구리가 열리면서 대류 현상이 일어나듯 철룡 안의 사람들이 쏟아져 나오는 물처럼 빠져나오자, 그 빈틈으로 기다리던 많은 사람들이 채워지기 시작했다. 그리고는 원래부터 제자리인 듯 사람들은 익숙하게 자리를 잡았다.

이윽고 철룡이 다시 움직였다. 철룡이 움직이는 내내 사람들은 고개를 숙이고 있었다. 누구에겐가 기도를 하듯, 묵념을 하듯 그 자세 그대로 움직이지 않았다.

손에는 안에서 빛이 나오는 작은 패를 하나씩 들고 있었다. 그들은 모두 그 패를 유심히 들여다보고 있었다. 그리고 가끔은 고개를 들어 철룡의 내벽에 나타나는 빨간 불빛의 글자를 바라보고는, 다시 패를 들여다보기 위해 마치 현충일에 묵념하듯 모두 고개를 숙였다.

'빠르게 움직이는 철롱 안에서 물질문명에 지배되어 살아가는 사람들을 물끄러미 바라보면서 왠지 모르게 밀려오는 우울감은 무엇인가?'

김철학의 혼란스러운 뇌리에 불현듯 스치는 말들이 떠올랐다.

주의력 결핍장애 ADHD 전문가인 할로웰의 저서 『창조적 단절』에서 "현대는 유별나게 주의력을 도둑맞고 있다. 그 주범 네 가지를 꼽자면 서두름, 과잉정보, 걱정, 잡동사니다."라고 표현하고 있다.

그 잡동사니 중에 제일가는 것이 바로 철롱 안에서 보았던 그 패들이 아니던가? 김철학은 물질 만능의 시대가 빚어낸 아이러니한 결과에 실소할 수밖에 없었다.

"……."

집에 도착한 김철학은 현관문을 들어서는 순간, 소스라치게 놀라고 말았다. 아까 본 철롱 안에서의 모습이 그대로 재현되고 있었기 때문이다. 김철학의 집 식구들 모두가 거실의 소파에 앉아서 고개를 숙인 채 패를 들여다보고 있었다. 철롱 안의 모습과 너무나도 닮은 집안 모습에, 김철학은 꿈을 꾸고 있는 것이 아닌지 분간하기 어려웠다.

고개를 숙이고 손가락으로 연신 패를 바쁘게 눌러 대고 있는 아들에게 김철학은 말을 걸었다.

"사박아, 지금 몇 시인 줄 아니?"

고등학교 2학년인 김사박은 도수가 상당히 높은 것 같아 보이는 두꺼운 렌즈의 검은 뿔테 안경에 얼굴이 역삼각형으로 코만 커다랗게 보이는 수재형의 얼굴이었다. 김사박이 슬쩍 자신의 아빠인 김철학을 보는 듯 마는 듯 고갯짓을 한 번 하고는 "모르겠는데요."라고 대답했다.

힉스

고개 숙인 가족들이 모두 들으라고 김철학은 큰소리로 말했다.

"지금 밤 12시라고! 모두 그만해!"

김철학의 큰소리에 모두 고개를 들어 김철학을 바라보았다. 패 속의 세계에서 아직도 현실의 세계로 돌아오지 못한 눈빛들이었다.

제일 먼저 일어나 자기 방으로 향하는 아들 김사박을 따라 김철학이 들어갔다.

침대에 걸터앉아 다시 패를 보며 고개 숙이는 김사박에게 김철학은 외쳤다.

"사박아, 패의 최면에서 깨어나라!"

김사박은 그것이 무슨 말인지 알 수 없다는 표정으로 김철학을 쳐다보았다.

"사박아, 혹시 '팝콘 브레인'이란 말을 들어 본 적 있니?"

김사박은 게슴츠레한 눈을 껌뻑이며 또다시 자신의 아빠를 쳐다보았다.

"지금의 너처럼 그 패에 몰입하였다가 현실로 돌아올 때 뇌가 현실에 무감각하고 무기력해지는 현상이야. 아들아, 지금 너의 모습이 꼭 팝콘 브레인에 변형된 모습이구나."

김철학은 알 듯 모를 듯한 말을 남기고는 방을 나갔다.

김사박은 패를 통해 '팝콘 브레인'을 검색해 보았다.

【팝콘 브레인(Popcorn Brain)】

2011년 6월 23일, 전자기기의 멀티태스킹에 익숙해지면 현실

세계에 적응하지 못하는 방향으로 실제 뇌의 구조가 바뀐다는 내용이 미국 CNN 방송에서 보도되면서 유명해진 단어로, 첨단 디지털기기에 몰두하면서 현실 적응에는 둔감한 반응을 보이도록 뇌구조가 변형된 것을 일컫는다. 곧바로 튀어 오르는 팝콘처럼 즉각적인 현상에만 반응할 뿐, 다른 사람의 감정이나 느리고 무던하게 변화하는 현실에는 무감각하고 무기력해지는 현상이다.

김사박은 검색된 지식을 훑어보고는 패를 책상 위에 던져 놓고, 오늘 하루 동안 뇌와 몸에 내려앉은 문명의 팝콘들을 지우려 욕실로 향했다.

힉스

동아시아의 군비 경쟁 뉴스

- 아시아 항공모함 패권 경쟁이 시작되었다.
    - 인도, 첫 국산 항모 오늘 진수
    - 중국, 작년 첫 항모 랴오닝호 취역
    - 일본, 이달 초 이즈모호 진수

- 일본, 핵재처리 공장 거의 완공돼 시운전, 핵무기 원료 플루
  토늄 매년 9톤 생산 예정
    - 미국 "일본 플루토늄 대량생산, 북한과 이란 핵개발의 구
      실이 될 수도"

- 미국과 러시아가 모처럼 한목소리로 "북한과 이란의 핵 문제
  에 대하여 공조하기로" 하였다.

아버지와 아들

　김사박은 어젯밤 꿈속에서 우주의 빅뱅에 자신이 휩쓸려 버렸다. 그 빅뱅 속에서 헤쳐 나오려고 안간힘을 쓰다가 일요일 아침 오전 11시가 다되어서야 잠에서 깨어났다. 개운치 않은 몸으로 욕실에 들어가 겨우 고양이 세수만 한 김사박은 거실로 향했다. 거실 소파에 기대어 신문을 뒤적이던 김사박이 김철학을 향해 물었다.

　"아빠, 아시아 강국들의 힘겨루기가 시작되었나 봐요?"

　까만 안경테 너머로 호기심 가득한 눈빛을 머금은 채 김사박이 자신의 아빠를 불렀다.

　신문을 먼저 보고, 금테 안경 너머로 염려스러운 듯 TV 뉴스를 보고 있던 김철학이 아들을 물끄러미 쳐다보며 대답했다.

　"글쎄, 일본과 연관된 영토 문제에서부터 무역·경제·역사 문제까지 첨예하게 대립하고 있는 두 나라 사이에 군비 경쟁까지 더해진다면, 더 많은 위험성을 내포하게 되는 것이 아닐까?"

　"아빠, 우리나라는 미국의 핵우산 아래에서 움츠리고만 있어야 하나요? 뭐 새롭게 준비하고 있는 것은 없나요? 획기적으로, 쇼킹한……."

힉스

"아마도……. 경제적으로 어느 정도 위치가 격상되었다고는 하지만, 다른 모든 분야에서 볼 때 세계는 우리를 아직도 약소국으로 보고 있지 않을까? 독자적으로 무엇을 행함에 있어서 견제와 간섭을 너무 많이 받는 나라이니까 말이야."

김사박이 아빠인 김철학에게 가까이 다가앉으며 물었다.

"대체 누구에게 견제와 간섭을 받는다는 거죠?"

호기심 어린 눈으로 가까이 다가와 앉는 김사박의 눈을 바라보며 김철학이 대답했다.

"너무 점잖다고 할까? 아니면 너무 방어적·수비적이라고 할까? 하여간 우리와 관련된 모든 나라를 적대적으로 대하지 않으려고 무던 애를 쓰고 있지. 그러다 보니까 독자적인 목소리를 내지 못하고, 항상 주변국의 눈치만 보는 형국은 아닌지, 원……."

"그럼, 우리나라의 미래는 불안할 수밖에 없겠네요? 힘도 없어, 발언권도 약해, 그렇다고 경제적으로 강대국도 아니고……. 뭐 하나 제대로 된 절대 가치가 없잖아요?"

"정말 그렇게 생각하니?"

"그럼요. 이렇게 남의 나라 눈치만 보면서 행복한 미래를 보장할 수 있다고 할 수는 없잖아요?"

"그럴 수도 있겠지! 그러나 아빠가 보는 대한민국은 분명히 희망이 보이는 나라야."

"무엇으로요?"

"사박아, 우문인 줄은 알지만 만약에 물질문명과 정신문명이 부딪히게 된다면 어떤 것이 이기겠냐?"

"어떻게 물질문명과 정신문명이 부딪힌다는 것이죠?"

"너는 이제 고등학교 2학년이라 수능을 위한 학습 때문에 거기까지는 생각해 볼 여유가 없었겠지만, 아빠가 동양학에 심취하고, 심리학에 심취하며 세상을 바라보는 눈을 새롭게 가지면서 느낀 것은 과학문명이 무서운 속도로 발달하고 있는 현 세대에서 물질적 과학문명과 정신문명은 공존과 충돌이 함께 일어나고 있다는 것이다. 앞으로 물질문명이 발달하면 할수록 정신문명과의 괴리가 더 심해질 것이고, 결국엔 정신문명의 보이지 않는 힘이 물질문명을 새로운 방향으로 전환시키고말 것이다. 그렇다면 물질문명과 정신문명의 싸움은 정신문명의 승리가 아니겠니?"

못 믿겠다는 듯 고개를 갸우뚱거리며 김사박이 반문하였다.

"아빠, 정신문명이란 것이 과연 어느 정도의 힘을 가지고 있을까요? 힘이 있어야 이길 수 있는 것 아닌가요?"

김철학은 이미 아들의 질문을 예상하고 그에 대한 답변을 준비하고 있었다는 듯 즉각 말했다.

"내가 대한민국을 희망이 있는 나라라고 보는 이유는, 다른 어떠한 나라보다 정신문명이 발달되어 왔고, 우리의 민족성이 물질적 문화보다 정신적 문화에 더 적응되어 왔다는 사실 때문이란다. 우리나라의 역사가 그것을 말해 주고 있잖니?"

김사박이 궁금하다는 듯 아빠인 김철학의 팔자 눈썹 속에 있는 긴 눈썹을 무심히 바라보며 물었다.

"역사가 우리 민족의 정신문명의 발달을 이야기하고 있다고요?"

"그래! 5천 년을 이어 오는 과정에서 우리 민족에게 '천지인(天地人)' 정신은 하늘과 자연과 인간이 하나라는 정서적 유전자의 전이가 계속하여 이루어졌다고 본다. 그리고 외부의 공격에도 수적 불리함을 정신적

힉스

힘으로 지켜온 것과 나라에 대한 애국의 마음을 담은 충(忠)의 사상, 부모와 가족을 사랑하는 효(孝)의 사상은 다른 나라에서는 잘 살펴볼 수 없는 특이하고 특별한 힘이지. 특히 그러한 정신적 힘을 바탕으로 이루어 낸 단기간의 경제적 성장은 정신적인 힘이 강하지 않았다면 도저히 불가능한 것 아니겠니?"

사박의 아빠는 자리에서 벌떡 일어나 아파트 베란다 창으로 멀리 도심의 도로를 주행하는 수많은 차량들을 바라보며 말했다.

"힘의 논리로 모든 것을 바라본다면, 정신문명과 물질문명의 싸움 같은 것을 말할 수는 없겠지. 그러나 힘의 논리가 아닌 다른 차원에서 바라볼 수 있다면, 그 가치의 진위와 우위를 비교하지 않아도 스스로 알 수 있단다. 그런 안목을 키우고 자신만의 내공을 키우다 보면 어느새 우리 주변의 사물을 새로운 인식으로 바라보는 눈이 생기지. 그때부터 모든 사물의 피상적 가치와 내면적 가치를 함께 볼 수 있으며, 그것들을 하나로 융합하여 새로운 것을 창조해 낼 수 있단다. 이것은 아빠의 체득에 의해서도 알 수 있지만, 수많은 책 속에서 그러한 사실들에 대한 메시지를 계속 전달하고 있단다. 책 속에 길이 있다는 말이 그런 것 아니겠니?"

김사박은 아빠의 말씀에 또 다른 질문을 하지 못했다. 수긍한다는 것인지, 아니면 이해할 수 없다는 것인지, 무의식적으로 머리를 빙글빙글 돌리며 목운동을 할 뿐이었다.

김사박과 김사박의 아빠는 서로 다른 생각을 하며 각자의 할 일을 찾아 방향을 정하여 이동했다.

한 사람은 생리적 변화에 의한 배출의 의도를 가지고 이동하고, 한 사람은 일상의 굴레 속에서 매일 행하지 않으면 안 되는 행위를 위하여 이동하였다.

봉달이와 학폭

"야, 피봉달, 이리 와 봐라."

한 무리의 껄렁한 차림의 학생들이 움츠리고 걷고 있는 봉달이를 불러 세웠다.

봉달이는 고등학교 2학년 학생이라기엔 너무 작은 160센티미터의 작은 키에, 너무 말라서 몸에 맞지 않는 커다란 옷을 입은 것 같은 아주 작은 체구였다.

학교 수업이 이제 막 끝났는데, 그들은 모두 사복을 입고 있었다. 입에는 모두 담배가 물려 있고, 길거리고 담벼락이고 아무데나 침을 찍찍 뱉어 댔다.

학교 일진 짱인 박대강이 봉달이를 부른 것이었다. 봉달이가 잔뜩 겁먹은 얼굴에 후덜거리는 다리를 이끌고 박대강 앞으로 다가섰다.

"봉달아, 왜 이렇게 긴장하고 있어, 임마. 내가 너를 잡아먹기라도 하냐?"

박대강이 물었던 담배를 길바닥에 아무렇게나 던지고 가래침을 뱉더니, 발로 비벼 담뱃불을 껐다. 그리고 봉달이의 어깨에 손을 올려놓고 어깨동무 하듯이 봉달이를 옴짝달싹 못하게 힘을 한번 주더니, 어깨를

힉스

툭툭 치면서 말했다.

"봉달아, 누가 너 괴롭히는 놈들 없냐?"

봉달이는 슬쩍 박대강의 표정을 훔쳐봤다.

"아니, 없어. 덕분에……."

다른 껄렁한 친구가 끼어들려고 하자, 박대강이 주먹으로 살짝 가슴을 쳐서 밀어냈다.

"봉달이는 여기 누구도 괴롭히면 혼난다. 얘는 내 밥이다. 내 밥 건드리면 어떻게 되는지 알고들 있지?"

박대강의 말 한마디에 모두들 일제히 고개를 끄덕였다.

"가 봐!"

어쩐 일인지 박대강은 순순히 봉달이를 보내 주었다. 봉달이가 고개를 까딱하고는 불나게 뛰어서 그들의 무리에서 벗어났다.

책상마다 짐들이 하나씩 없어지기 시작했다. 김사박도 기지개를 켜다가 주변을 돌아보고는 바로 책가방을 쌌다.

도서관 문을 열고 나서자, 봄의 상큼한 바람은 어디로 가고 무더위의 첫 자락을 끌어온 것 같은 답답하고 더운 바람이 얼굴에 닿았다.

다른 날 같으면 도서관을 나설 때마다 작은 성취감에 젖어 기분도 살짝 업(Up)되곤 했는데, 오늘은 도서관에 있는 동안 웬 잡생각이 그렇게도 많이 나는지 공부에 집중하는 데 애를 많이 먹었다. 아침에 아빠와 나눴던 이야기 중에 물질문명과 정신문명의 대립에 대한 생각이 계속 머릿속을 헤집고 다녔다.

버스정류장에서 골몰히 그 생각에 잠긴 채 버스를 기다렸다. 그때 누군가 뒤에서 김사박의 등을 가볍게 터치했다. 뒤를 돌아다보기도 전에 낯익은 얼굴 하나가 김사박의 코앞에 크게 클로즈업 되듯이 나타났다.

봉달이었다.

"어, 너도 도서관에 있었어?"

반가운 표정으로 봉달이를 대하는 김사박에게 봉달이는 헤벌쭉 웃어 보였다.

"응, 나는 도서관에서 네가 어디에 앉아 있었는지도 알아. 하지만 네가 공부는 안 하고 어떤 생각에 골몰하고 있어서 방해하고 싶지 않았어."

"그랬구나, 난 네가 맨날 찾아오다가 오늘은 안 보여서 도서관에 안 왔나 보다 생각했어."

큰 눈에 불을 켜고 달려드는 버스가 정류장에 도착하였다.

마침 자리가 하나 비어 있었다. 김사박이 봉달이에게 앉으라고 턱짓을 했다. 봉달이는 양보하는 척하다가 "에헴, 그럼 형님이 앉아서 가겠다. 알겠지?" 하고는 앉았다. 김사박은 그 앞에 섰고, 둘은 이야기를 하기 시작했다.

"사박아, 나 요즘 박대강이 패거리들 때문에 괴로워 죽겠다."

"왜? 더 심하게 괴롭히는 거야?"

"아니, 괴롭히는 것은 박대강이가 모두 막아 줘서 그런 것은 없어."

사박이 고개를 갸우뚱하면서 몸을 낮추며 봉달이에게 물었다.

"그럼, 무엇 때문에 괴롭다는 거야?"

한참을 상가의 화려한 불빛 속을 지나는 많은 사람들을 멍하니 바라보던 봉달이 어렵게 말을 꺼냈다.

"박대강이가 괴롭히지 않는 대신에 쓸 만한 정보를 가져오라는 거야."

"쓸 만한 정보?"

봉달이가 한숨을 내쉬며 버스 천장을 한번 올려다보고는 다시 말을 이어 나갔다.

힉스

"응, 박대강이 패들이 형님이라고 모시는 조폭들에게 좋은 정보를 주어야 자신도 조직의 보스에게 어필된다고, 자꾸 나를 괴롭히는 거야."

"그 좋은 정보라는 것이 대체 어떤 건데?"

"그런데 박대강이도 잘 모르고, 나도 잘 모르니까 괴롭다는 거야."

"……."

봉달이 또 한 번 한숨을 크게 쉬더니, 다시 말을 이어 갔다.

"박대강이 형님으로 모시는 조폭 조직에서 산업스파이 역할을 청부받았나 봐. 그래서 그런 쪽의 정보를 가져오라고 박대강이를 괴롭히는데, 박대강이는 그것으로 나를 괴롭히는 것이고……."

버스가 급정거하는 바람에 김사박이 중심을 잃고 넘어질 뻔했으나 봉달이가 사박이의 허리춤을 잡는 바람에 넘어지지 않았다. 김사박은 고맙다는 표정으로 미소를 짓고 물었다.

"우리가 학생 신분인데 어떻게 산업 정보를 접할 수 있냐?"

"그래서 미치겠다는 것이지. 박대강이 형님으로 모시는 사람도 그 조직에서 많이 쪼이나 봐? 나 같은 애들 수십 명을 이 문제로 괴롭히는 것을 보면……."

김사박이 호기심 어린 눈빛으로 봉달이를 쳐다봤다.

"아니, 걔들은 깡패가 싸움질은 안 하고, 정보 수집을 한다고?"

"내말이……. 현대의 조폭은 폭력의 힘이 아니고, 정보의 힘이라고 박대강이가 떠들더라고……."

버스는 어느덧 종점에 도착했다. 버스 안에 남았던 몇 안 되는 사람들이 서둘러 내렸다.

따뜻하고 화사했던 봄의 기운을 밀어낸 여름밤의 후더분한 어두움은 얄밉게 바람도 한 점 없었다.

물리 전공 담임 샘

175센티미터의 큰 키에 커다란 눈은 상대방 눈이 시릴 정도의 반짝이는 광채를 머금고 있었다. 시원한 넓은 이마와 자존심이 강렬하게 느껴지는 오똑한 콧날이 매우 인상적이었다. 화장은 안 했지만, 하이얀 얼굴에 선분홍 입술이 전체적인 얼굴 조화를 이루는 데 일조를 하였다. 긴 머리를 말총머리처럼 뒤로 단아하게 묶었지만, 꽤나 미인형임에는 분명했다. 그러나 헐렁한 티셔츠에 낡은 청바지, 농구화 같은 운동화 차림은 어딘지 모르게 어색해 보였다.

다른 것에는 아무 관심 없이 오로지 연구만 하는 학구적인 냄새가 물씬 풍기는 여선생님이, 바로 김사박의 담임 선생님인 박사임. 특목고에서 2년간 물리전공 선생님으로 근무하다가 올해 초부터 김사박의 담임으로 전근해 온 기초물리학 박사 학위의 실력자이다.

결혼을 앞두고 있어서 결혼 준비 등으로 일반고로 전근해 온 선생님은 모든 면에서 활달하게 아이들과 어울리고, 개인 상담에서도 시원시원하게 답변을 해 주어서, 모든 반 학생들에게 인기가 많다.

그런 박사임 선생님이 그중에서도 제일 애지중지하는 학생이 있었

힉스

다. 바로 자신의 이름과 무려 같은 글자가 두 개나 겹치는 김사박이다.

담임인 박사임이 볼 때 김사박은 전체 학력에서는 비록 고르지 못한 성적을 나타내지만, 수학과 물리 등에서는 문제 해결 능력 등에서 남과 다른 뛰어난 재능을 보이고 있었다. 그런 사박이를 담임으로서 더 도와주지 못해 못내 아쉬워하며 주의 깊게 관찰하고 있었다.

박사임. 그녀는 한국 최고의 대학에서 기초물리학을 전공한 유일한 여자 박사이다. 그런 박사임이 전공분야의 연구에서 도태되어 일선 고등학교에서 물리과목을 가르치는 것은 외국에서의 박사 학위를 우선시하는 국내 풍토와 그들만의 학맥에 의한 철저한 따돌림 때문이었다.

그런 부분을 가장 안타까워했던 사람이 있었다. 바로 박사임의 지도교수였던 유필현 박사였다. 유 박사는 우리나라에서 기초물리학 분야의 선구자나 다름없었지만, 연구 분야에만 집중하던 유 박사보다 정치적으로 어울림이 많았던 다른 박사들의 정치적 행보와 국가의 과학 행정 분야의 정책 혼선과 편중 등으로 인해 야인처럼 홀로 연구만 하던 분이었다.

그런데 어느 날 갑자기 자신의 연구실에서 쓰러져 식물인간처럼 병원 생활을 하던 중, 자신의 제자인 박사임을 불러 자신의 연구 결과 중 하나인 어떤 물질과 그 연구 자료들을 전달하면서 세상과 연을 달리했다. 그러나 박사임으로서는 자신의 처지와 환경에서 그 물질에 대한 연구에 자신이 없어서 그냥 보관만 하고 있을 뿐이었다.

그 물질은 바로 '힉스(Higgs)물질'이었다. 세상에서도 가상의 물질이라는 가설 속의 그 물질을 자신이 가지고 있다는 사실을 세상에 발표하기엔 너무도 근거가 취약한 상황이었다.

그래서 연구원 시절 동료들과의 대화에서 간혹 농담처럼 이야기를 꺼내 봤지만, 그 누구도 호기심을 갖거나 진담처럼 들어 주는 사람들이 없었다. 그럴수록 박사임에게는 그 물질이 더욱 무거운 짐이 될 뿐이었다.

스승이 자신에게 전달해 준 의도는 계속 그 물질에 대한 연구를 이어 줬으면 하는 것이었지만, 자신이 처해 있는 현실에서는 도저히 실현 불가능한 일이라는 것을 너무도 잘 알고 있었다. 이러한 상황에서 결혼이라는 현실이 자신의 현실 도피처로 떠오르면서, 그 짐에서 차차 벗어나고 있었다. 그러다가 일반고에 전근 와서 아주 독특한 아이를 발견하면서 그 힉스물질에 대한 생각이 떠오르게 된 것이었다.

김사박.

그에게 자신의 스승이 자신에게 물려준 물질에 대한 의도를 그대로 전달해 주고 싶었다.

결혼을 일주일 앞둔 어느 날, 박사임은 김사박을 상담실로 불렀다.

"사박아, 이제부터 선생님이 하는 말 잘 들어. 이것은 너와 나의 이야기가 되기도 하지만, 어쩌면 국가적인 이야기가 될지도 모르고, 전 세계적인 이야기가 될지도 모르겠구나."

어리둥절한 표정으로 김사박이 선생님을 뚫어지게 쳐다봤다. 그런 호기심 가득한 눈망울을 가진 김사박을 사랑스런 표정으로 지켜보던 박사임은 신문기사 스크랩을 펼쳐 보였다.

"사박아, 노벨물리학상 수상에 관한 기사야. 한번 읽어 보렴."

스웨덴 왕립과학원 노벨위원회는 우주 탄생의 열쇠인 힉스 입자의 존재를 1964년 각각 예견한 공로를 인정, 벨기에의 프랑수아 앙글레르(80) 브뤼셀 자유대 명예교수와 영국의 피터 힉스(84) 에든버러대 명예교수를 노벨 물리학상 수상자로 발표했다.

'신의 입자'로 잘 알려진 힉스입자는 수십 년 동안 가설로 취급되다가 올해 초에야 공식적으로 존재가 확인돼 수상의 영광을 안게 되었다.

"사박아, 유럽 쪽의 박사들이 최초로 힉스물질을 발견했다고 노벨물리학상을 주었다는데, 그 힉스물질이 더 오래전에 선생님의 스승이신 유필현 박사님이 벌써 발견하였단다. 물론 믿기지 않겠지만……."

김사박이 못미더운 표정으로 물었다.

"선생님, 그런데 왜 힉스물질을 발견했다고 그 당시에 발표를 하지 않고 있었나요?"

박사임은 어두운 표정을 지으며 힘겹게 말을 꺼냈다.

"사박이가 아직 학생이라 이해는 잘 못하겠지만, 세상의 모든 과학자들이 이번에 물리학상을 받은 것처럼 연구 환경이 좋은 것은 아니란다. 국가적으로 우선시 하는 정책의 향배에 따라 과학에 대한 국가의 지원이 달라지는가 하면, 경제적 가치에 따라 과학의 일정 분야에만 치중되기도 하지."

"그런데 어떻게 유필현 박사님은 그 힉스물질을 발견하신 건가요?"

"아무도 상상하지 못하는 방법으로 혼자만의 노력으로 그 업적을 이루어 내셨지만, 국내 과학계, 특히 물리학계에서조차 유필현 박사님의 인지도가 낮다는 이유로 그 성과를 간과하였던 것이지. 그리고 힉스물질 발견에 대한 논문을 다 완성하기도 전에 돌아가셨기 때문에 더욱 안타깝게 되었단다."

박사임의 눈가에 이슬이 맺혀 오고 있었다. 손수건으로 눈가의 눈물을 훔치고는 이내 목소리를 가다듬고 차분히 말을 이어 갔다.

"박사님은 나를 무척 아끼셨는데, 나는 그 바람을 저버리고 말았단다. 나중에 네가 알게 되겠지만, 우리나라에서는 해외에서 취득한 박사학위 없이 행사한다는 것과, 그나마 여자로서 입지를 세운다는 것이 현실적으로 얼마나 어려운 것인지……."

박사임은 말을 채 잇지 못하고 참았던 눈물을 왈칵 쏟으며 한참을 흐느껴 울었다. 김사박은 그런 담임 선생님의 모습을 보면서 안쓰러운 마음에 어찌 할 바를 몰랐다.

한참을 책상에 머리 숙여 울던 박사임은 손수건으로 눈을 꾹꾹 눌러 눈물을 닦아 내더니, 진지한 표정으로 김사박을 바라보았다.

"사박아, 내가 이 학교에 오면서부터 너를 유심히 지켜봤는데, 너는 영재고나 특목고의 아이들보다 수학과 물리학에서 점수도 훌륭하지만, 문제의 상황을 처리하는 과정에서 아주 특별한 방식의 처리과정과 응용능력 등 뛰어난 재능이 있다는 것을 알았다. 그래서 너에게 많은 관심을 가졌던 것이야. 선생님의 짐을 너에게 물려주는 것 같아 미안하지만, 선생님의 한계가 여기까지인데다가, 내 스승이신 유필현 박사님의 유지를 이어 주길 바라는 마음에서 너에게 유필현 박사님의 힉스물질에 대한 미완성 논문과 그 힉스물질을 전해 주려고 하는데 꼭 받아 주었으면 좋겠다."

"……."

"선생님은 일주일 후에 결혼하기 위해 퇴직해야 한단다. 사박아, 공부 열심히 해서 우리나라 물리학계의 큰 별이 되려무나."

"……."

힉스

김사박은 어안이 벙벙해진 모습으로 아무 말도 못한 채 자리에서 일어나 인사를 꾸벅하고는 도망치듯 상담실에서 빠져나왔다.

운동장 가운데에 다다르자, 숨이 막힐 것처럼 가슴이 답답해진 김사박은 운동장 한가운데서 하늘을 쳐다보며 긴 한숨을 내쉬었다. 몸 안의 답답했던 모든 기운이 긴 한숨과 함께 하늘로 모두 빠져나가는 기분이었다.

김사박은 하늘을 쳐다본 채 석고 조각처럼 그대로 굳어 버렸다.

기(氣)에 대하여

일요일 새벽에 학교도 쉬는 날이라 단잠에 곯아떨어져 있던 김사박에게 아빠의 목소리가 들려왔다.

"사박아, 빨리 일어나라! 아빠랑 급히 지방에 좀 다녀와야겠다."

김사박은 게슴츠레하게 눈을 뜨고 거실로 나왔다.

"무슨 일이세요?"

김철학은 분주하게 옷을 입으며 대답했다.

"응, 너도 알지? 천안에 사시는 큰할아버지. 왜, 아빠의 큰아버지 되시는 할아버지 알잖아?"

"......?"

"몰라? 왜 가끔 서울에 올라오시면 찾아뵙고 큰절을 올리던 어르신이 계셨잖아?"

김사박은 그제야 생각이 난 듯 눈을 크게 뜨면서,

"아, 그 귓구멍에 긴 털이 많이 났던 그 할아버지!"

하고 대답했다.

"그래, 기억하고 있구나! 그 할아버지가 노환으로 돌아가셨는데, 연락을 늦게 받아서 지금이라도 빨리 가 봐야겠다. 너도 같이 가자꾸나."

산 위에는 따가운 한여름의 햇살이 강렬하게 쏟아져 내리고 있었다. 뜨거운 여름의 강렬한 기운이 짙은 초록의 산 위에 너울처럼 퍼져 가고 있었다.

새벽 잠결에 아빠를 따라온 것이 얼마 지나지 않던 것 같았는데, 어느새 산 위 능선에 올라서서 죽은 사람을 넣은 관을 매장하려는 순간을 지켜보고 있었다.

일하는 사람들의 이마에는 벌써 땀방울이 뚝뚝 떨어지고 있었다.

"아빠, 저기 손에 동그란 판을 들고 먼 곳을 보고 지시하는 사람은 누구예요?"

"응, 저 사람은 '지관'이라고 부르는 사람이야. 이름은 아니고, 저 사람이 하는 일을 지칭하는 호칭이야."

김사박은 고개를 갸우뚱하면서 다시 물었다.

"지관이요? 어떤 일을 하는 사람인데요?"

"응, 저 사람이 하는 일은 산세의 기운을 살펴보고 매장할 땅의 위치를 정하는 일부터, 주검이 들어 있는 관을 땅속에 묻을 때 머리와 발의 방향을 어느 방향으로 묻을 것인지를 판단해 주는 역할을 하는 사람이야. 지금은 '풍수지리사'라고 부르지."

"주검의 묻는 방향을 정하는 이유가 있나요?"

김사박의 계속되는 질문에 김철학은 잠시 먼 곳의 산세를 유심히 살펴보았다. 그리고는 다시 뒤쪽의 산을 보더니, 김사박의 질문에 답했다.

"응, 저기 저 지관이 들고 있는 것이 '패철'이라고 하는 것인데, 나침반의 기능도 가지고 있지만, 저 패철에는 여러 가지 기능의 층들이 복잡하게 정리되어 있단다. 지관들은 뒷산에서 오는 산세의 기운과 앞에 보이는 먼 산들의 기운과 앞에 흐르는 물길의 방향을 살핀 다음, 패철 위에 나타난 방위에 따라 좋은 방향을 정하게 된단다."

"좋은 방향, 나쁜 방향이 있다고요?"

김학철은 난처하다는 표정을 짓다가,

"어허, 이거 다른 사람들 눈에 엄숙한 분위기에서 너와 내가 너무 잡담만 하는 것으로 비춰지는 것은 아닌지 모르겠다."

라고 조심스럽게 귀띔을 했다. 김사박은 아빠의 말씀에, 더 이상 묻지 못하고 점잖게 매장하는 장면을 지켜만 보았다.

김사박은 돌아오는 길에 휴게소에서 식사를 하다가 다시 산 위에서의 질문을 이어 갔다.

"아빠, 아까 산 위에서 좋은 방향과 나쁜 방향에 대해서 얘기해 주시다 말았어요."

"응, 동양학에서는 땅에도 기의 흐름이 있다고 하지. 그래서 동양에서는 땅의 기운에 따라 좋은 기와 나쁜 기가 혼재하고, 좋은 기를 찾기 위해서 '풍수지리학'이라는 학문이 발전해 왔지. 지금은 대학에서 명리학뿐만 아니라, 풍수지리학을 전공·연구하고 있고, 서양에서도 동양의 이러한 학문에 관심이 많아서 연구하는 사람들이 많아지고 있다고 해. 더불어 동양의 정통 풍수지리학을 변형하여 실생활에 응용하여 사용하기도 한다고 해."

못 믿겠다는 듯 어리둥절한 표정으로 김사박이 또 다른 질문을 하였다.

"아빠, 땅에 기운이 있다는 것이 과학적으로 증명된 것인가요?"

김사박의 질문에 김철학은 한동안 생각에 잠겼다. 김사박도 아빠의 그런 모습에 자신의 혼란스러워진 뇌리를 정리하느라 말없이 먼 산만 바라보았다.

　한참을 혼자의 생각 속에 사로잡혀 있던 김철학이 말을 꺼냈다.

　"사박아, 이 세상에는 알 수 없는 많은 사실들이 있지만, 그것들이 모두 과학적으로 증명되는 사실이 아니라는 것을 믿을 수 있니?"

　"그럼요. 과학이 그러한 사실들을 증명하기엔 아직 덜 발달되었을 수도 있고, 과학으로는 설명할 수 없는 사실들이 이 지구상에는 얼마든지 많이 일어나고 있다는 사실쯤은 저도 잘 알고 있지요."

　"그렇다면 땅의 기운, 아니 우리가 기(氣)라고 말하는 것에 대하여 설명하기가 조금 수월하겠구나!"

　김철학은 물잔을 들어서 천천히 물을 한 잔 마셨다. 그리고는 컵 속에 남은 물을 탁자 위에 쏟아부었다.

　"사박아, 이 물에 대하여 과학적으로 증명된 사실과 증명되지 않은 사실이 얼마나 많은지 생각해 본 적 있니?"

　"예?"

　김사박이 놀란 표정으로 아빠의 얼굴을 쳐다보았다.

　"이 물은 화학적 분석에 의하면 'H2O'라고 과학적으로 말할 수 있겠지. 그리고 다른 과학적 시각으로는 미네랄이 몇 퍼센트 함유되었으며, 어떤 성분들이 포함되어 있는지 말할 수 있겠지. 그런데 이 물이 음악을 통해 더욱 청량감이 살아나고 그 물을 마신 사람들을 기분 좋게 만든다면, 그것을 과학적으로 어떻게 설명할 수 있을까?"

　"그게 가능해요?"

　"지구촌 리포트에 나온 이야기인데, 동유럽의 벨라루시라는 작은 나라의 수도국가에서 수돗물에 클래식 음악을 틀어서 정수된 물을 시민들에게 공급했는데, 수돗물의 청량감이 좋아졌을 뿐만 아니라 그 물을 마신 사람들도 기분이 좋아졌다는 것이야. 이런 사실들에 대하여 왜 그런 것인지 과학적으로 증명할 수 있을까?"

"……."

"세상에는 참으로 알 수 없는 일들이 너무도 많은 것 같아. 우리 인간이 과학 문명 속에서 살고 있다고 하지만, 우리가 알고 있는 지금의 과학 문명은 어떻게 보면 빙산의 일각 정도의 수준이고, 우리가 모르고 있는 미래의 과학 문명이 해수면 밑에 잠재된 커다란 빙하와 같은 미지의 세계 속에서 살고 있다는 생각이 가끔씩 들곤 한단다."

김사박은 한동안 깊은 사색에 빠졌다. 세상을 과학의 잣대로만 보려고 했던 자신의 짧은 생각과 자신이 알아 가야 할 세상의 무한한 깊이에 대한 두려움 같기도 하고, 어떻게 보면 희열 같기도 한 이 감정이 사색에 빠진 뇌리 속의 많은 생각들과 혼재되었다.

혼란스러운 감정과 사색 속에서 깨어날 즈음, 김철학이 다시 말을 꺼냈다.

"이야기의 방향이 너무 엉뚱한 곳까지 흘러왔구나. 아까 처음에 사박이가 질문한 땅에도 기운이 있다는 것이 과학적으로 증명된 것이 있냐는 질문에 답을 하자면, 풍수지리학적으로 볼 때, 세계의 수도 또는 인구 밀도가 높은 주요 도시들은 모두 높지 않은 산과 물, 평야가 어우러진 곳에 위치하고 있다. 이것은 인간이 살기에 쾌적하다는 것이고, 땅의 기운으로 보면 최적의 기운이 머무는 곳이라고 할 수 있지. 그렇다면 과학적으로 증명하지 않더라도 산꼭대기나 골짜기보다는 현재 인간들이 많이 모여 사는 곳이 인간들이 살기에 더 좋은 기운이 있다고 볼 수 있지 않을까?"

"그렇기도 하겠네요. 만약 거꾸로 산꼭대기가 사람이 살기에 좋은 기운이 있다면, 지금 현재 사람들은 모두 산 정상에서 생활하며 지내고 있었겠네요."

"하하하, 역시 우리 사박이는 어떤 것이든 금방 반대로 논리를 뒤집어 볼 줄 아는 능력이 대단하다니까!"

김사박은 아빠를 따라 웃기는 했어도, 나름 많은 생각들이 뇌리를 혼란스럽게 하고 있는 것에 대하여 몹시 당황하고 있었다.

김사박은 과학적 사실과 과학적이지 않은 사실의 차이, 그럼 어떤 것이 과학적이고, 어떤 것이 과학적이지 않다는 것인가 하는 문제 등 '과학'이라는 논제와 관련지어 세상을 바라본다는 것이 어쩌면 학문을 하는 사람들의 가장 커다란 어려움일지도 모른다는 생각을 하게 되었다.

폭력에 대한 분노

휴게소에서의 대화를 마치고, 김철학의 차는 고속도로를 질주하기 시작했다.

사박은 안전띠를 맨 채 깊은 상념에 사로잡혀 차창 밖의 먼 산을 바라보고 있었다. 그리고는 먼 산의 기운이 우리 인간에게 어떻게 작용하고 있을까 하는 생각을 잠시 해 봤다.

김철학은 내비게이션에서 여자의 음성 멘트가 나올 때마다 내비게이션을 쳐다봤다.

"사박아, 남자의 인생에서 말이야, 세 명의 여자 말만 잘 들으면 무탈하게 잘 산다고 하더라?"

김철학의 말에 상념 속에서 깨어난 김사박이 궁금한 듯 물었다.

"세 명의 여자요?"

"그래!"

"그게 누구누군데요?"

"응, 어릴 적에는 엄마 말씀, 결혼해서는 부인, 그리고 운전할 때는 내비게이션에 있는 여자 말씀만 잘 들으면, 안전하게 잘 살 수 있다고

힉스

하더라. 하하하!"

김사박이 김빠진 듯 허탈하게 미소를 지었다.

"에이, 난 또……."

그때 내비게이션에서 전방에 속도측정기가 있다는 여자의 멘트와 함께 빨간 원 안에 100이라는 숫자가 깜박깜박 대면서 주의를 주고 있었다. 김철학은 110㎞/h의 속도에서 갑자기 100으로 속도를 줄였다.

그때 뒤에서 '빠~앙' 하는 클랙슨 소리와 함께 자동차 전조등 불빛이 번쩍번쩍하였다. 그러더니 속도측정기 위치를 지나기가 무섭게 김철학의 차를 앞지르기 하고는, 급브레이크를 밟아서 놀라게 하였다. 서너 번을 그렇게 급브레이크를 밟아서 두 차량의 속도가 줄자, 앞차의 창문으로 한쪽 손이 나오더니 차를 옆으로 세우라고 신호를 보내왔다.

김철학은 잔뜩 긴장하였다. 사박이 긴장한 얼굴의 김철학에게 물었다.

"왜 그래, 아빠? 아빠가 뭐 잘못한 거라도 있는 거야?"

"아니, 속도계에 걸리지 않으려고 속도를 갑자기 줄였더니 뒤차에서 조금 놀랐나 봐."

"그런데 왜 저렇게 야단법석을 떨면서 아빠 차를 세우라는 거야. 고속도로에서 위험하게……."

김철학이 갓길에 정차하는 앞차의 뒤쪽에 차를 세우자마자 앞차에서 머리카락을 제법 짧게 깎은 건장한 청년 4명이 차에서 내려서 거들먹거리는 걸음걸이로 다가왔다.

그리고 차문 손잡이를 잡더니, 다짜고짜 차문을 열려고 하는 게 아닌가. 차문이 열리지 않자, 그들은 차 유리창에 얼굴을 들이밀고 험악한 얼굴로 창문을 주먹으로 내리치고, 차체를 마구 발길질하기 시작했다.

김철학이 어쩔 수 없이 겁먹은 얼굴로 차에서 내리자, 그들은 김철학의 멱살을 잡고 차쪽으로 밀어붙였다. 그리고 기분 나쁘게 김철학의 머리를 주먹으로 툭툭 치면서 위협했다.

"야, ××아! 운전 똑바로 해, ×××야!"

"죽을래?"

그들은 차 안에서 김사박이 안경 너머로 지켜보는 것을 보더니, 김철학에게 한마디 더 던졌다.

"야, 애새끼 앞이라 때릴 수도 없고 앞으로 잘해라."

그들은 김철학의 몸과 차에다 침을 뱉었다.

차 안에서 그 모습을 모두 지켜보고 있던 김사박은 커다란 충격을 받았다. 나이도 자신의 아빠보다 훨씬 어린 것 같은 데 아빠에게 반말로 함부로 대하고, 아빠의 머리를 주먹으로 툭툭 치면서 말하는 것에 참을 수 없는 분노가 일었다. 김사박이 차에서 내렸을 땐, 그들은 이미 자신들의 차로 사라지고 없었다.

김철학은 한동안 어안이 벙벙해진 상태로 차에 기댄 채 멍하니 서 있었다. 김사박이 아빠를 잡고 차에 타자고 하자, 그제야 제정신이 돌아온 듯 차에 올라탔다. 그리고 김철학은 아무 말 없이 그렇게 한동안 운전석에 가만히 앉아 있었다.

그런 아빠의 모습을 지켜보는 김사박은 분노의 감정을 그들에게 표현하지 못한 것이 더 그를 분하게 만들었다. 김사박은 차 시트를 발과 주먹으로 차면서 괴성에 가까운 소리로 울부짖었다. 그러자 이성을 되찾은 김철학이 아들 김사박에게 말을 건넸다.

"사박아, 흥분하지 마라. 순간의 모욕감이야 참는 것으로 끝나지만, 그 모욕감에 대한 분노로 인한 실수는 인생의 커다란 실수가 될 수도 있단다."

힉스

사박은 흥분이 가라앉지 않는 상태에서 울부짖으며 말했다.

"아빠, 아빠가 잘못한 것도 없는데 왜 그 자식들에게 당해야 해요?"

"사박아, 그러면 힘도 없는 아빠가 그들과 격투라도 벌였어야 했을까?"

사박은 흥분을 조금 가라앉히며 아빠를 바라보았다.

"아니, 아빠 그렇다기보다 그 순간이 너무 억울해서 그렇지요."

"알아. 사박이의 지금 이 순간의 감정이 매우 치욕스럽고 부당하고, 억울하다는 것은 알지만, 현실 속에서 이 정도의 일은 비일비재하게 많이 발생하는데, 그때마다 흥분하고 감정을 억제하지 못한다면 세상은 온통 폭력이 난무하는 세상이 되고 말 거야. 그렇게 생각하지 않니?"

"그래도 아빠가 그렇게 당하고 있는데 제가 아무것도 못하고 있었다는 것이 너무 화가 나는 거예요."

김철학은 사박의 손을 맞잡고 눈을 지그시 바라보았다.

"사박아, 인생을 살면서 모든 현상에 대하여 감정적으로 대하면 실수가 많은 법이란다. 그런 것을 방지하기 위하여 항상 이성적인 생각을 먼저 하는 연습이 필요하단다. 오늘 그 연습과제 하나를 풀었다고 생각하자. 그러면 오늘 이 상황이 조금은 위안이 되지 않겠니?"

"……."

사박은 말없이 자신의 아빠를 물끄러미 바라보았다. 자신의 아빠가 감정을 추스르고 빠르게 이성적으로 변환하는 모습에 작은 울림을 받았다. 그러면서 한편으로는 오늘 만났던 악당들에게 폭력으로 복수하고 싶은 강한 욕구를 느꼈다.

아빠는 이제 천천히 운전을 하였다. 또다시 아까와 같은 상황을 만들고 싶지 않은 이유로…….

사박은 그런 아빠의 뒷모습이 왠지 서글퍼 보여, 마음 한구석이 짠해지는 느낌이었다. 그리고 차창 밖으로 눈을 돌리면 그 악당들이 생각나서 복수심으로 가슴이 부글부글 끓어올랐다.

　김사박의 머릿속은 어떻게든 자신의 능력을 키워서 그런 악당들을 한번에 제압해서 복수해 주고 싶은 생각으로 가득 채워지고 있었다.

세계의 테러 뉴스

"범행도구는 압력솥" 보스턴 테러 사상자 180여 명

미국 보스턴마라톤 대회의 결승점에서 연쇄폭발이 일어났다. 현재까지 피해자는 3명으로 확인되고 있고, 176명이 부상한 것으로 전해진다.

세 명의 피해자 모두 사연이 있겠지만 그중 한 피해자는 8살 난 소년으로, 아버지를 응원하러 갔다가 폭발로 인해 사망한 것으로 알려졌다.

마틴 리차드라는 소년으로, 이번 사고로 5살짜리 여동생은 한쪽 발을 잃고 어머니는 머리를 다친 것으로 현지 언론들이 이 가족의 슬픈 소식을 전했다.

범인은 압력밥솥을 이용한 사제폭탄을 이용해 못 등을 내부에 넣어 폭발시킨 것으로 알려지고 있다.

보스턴에 이어 텍사스까지 폭발사고… 美 테러 공포 확산

이라크에선 바그다드를 비롯해 곳곳에서 테러가 발생해 최소 54명이 숨졌습니다. 다친 사람도 230여 명에 달하는데, 부상자 가운데 일부는 중상을 입어 사망자가 더 늘어날 수도 있습니다.

테러의 배후는 아직 밝혀지지 않았습니다.

힉스

물리 샘의 선물

물리 샘은 결혼하기 이틀 전에 사직서를 냈다. 그리고 교정을 떠나기 전에 김사박을 불렀다.

물리 샘은 큐빅 크기의 작은 철제 용기를 김사박에게 전했다. 두 사람은 서로 말하지 않아도 그것이 무엇인지 알고 있었다. 서로에게 짐이기도 하지만, 인류에게는 희망일 수도 있는 물질이었다.

박사임은 김사박의 두 손을 꼬옥 쥐었다. 그리고 상당히 미안한 표정으로 말했다.

"사박아, 부탁한다."

"네."

박사임은 사박이의 어깨를 두드리며 작은 문서 파일을 건네주었다.

"이것이 유필현 박사님의 논문 준비 자료집이야. 이것을 정리만 하면 힉스에 대한 연구 논문이 완성되는 것인데, 박사님은 그것을 완성하지 못한 것이 아마 한이 되었을 거야."

"……."

"사박아, 이 논문을 잘 참고하고, 이 작은 용기 안의 물질은 육안으로는 볼 수 없지만 이 물질의 존재 여부를 먼저 알아내는 것이 우선되어야 다음 연구를 진행할 수 있을 거야."

"네, 선생님! 그런데 선생님은 이 물질의 존재 여부를 알려고 하지 않으셨나요?"

"부끄럽지만, 내가 이물질의 존재 여부를 아는 순간 나는 이 힉스물질의 연구에서 헤어나지 못할 것이란 것을 너무 잘 알기에 겁이 났단다. 나에게 주어진 현실과 우리나라의 초라한 과학 정책 등이 이 힉스물질의 연구를 뒷받침해 줄 수 없다는 사실을 누구보다도 더 잘 알기에 나는 도저히 이 물질에 대한 호기심을 감히 가질 수가 없었단다. 사박이가 이해해 주길 바란다. 선생님의 이런 마음을……."

둘은 한동안 말이 없었다. 각자 다른 곳을 바라보면서 사진 속의 인물들처럼 움직이지 않았다.

저녁노을이 교정에 검붉은 기운으로 내려앉을 때까지…….

박사임은 김사박이 떠나고 난 뒤에 한참 동안 미동도 없이 의자에 앉아 있었다.

과연 자신이 지금 행하는 행동이 옳은 것인가 하는 고민과 갈등이 모든 신경과 정신을 옭아매는 것 같았다. 육체와 이탈된 자신의 정신적 갈등만이 긴 시간 동안 존재하며 허공을 맴도는 것 같았다.

자신의 스승이 자신에게 힉스물질을 전달했었을 때는 자신에게 그만큼 기대를 했을 텐데, 자신은 그것에 대한 책임을 김사박에게 전가하고 말았다는 죄책감에서 벗어나올 수 없었다. 그것도 아직 자신의 미래조차 확실하게 결정하지 못한 고등학생에게 주었다는 것이 더욱 그녀의 마음을 괴롭히고 있었다.

힉스

자신은 물리학 박사라는 명분으로도 이 문제를 해결하지 못하는 모순된 학문적 사회 구조와 자신의 위치를 확보할 수 없는 이 사회에 대한 괴리감과 소통하지 못하는 자신을 책망하면서, 그 세계에서 벗어나기 위해 결혼이라는 도피처로 도망하고 있는 것이 아닌가 하는 생각이 박사임의 혼란을 더욱 가중시키고 있었다.

그러나 박사임은 김사박을 믿었다. 자신이 그 물질들을 가지고 있어 봐야 세상에 알릴 수 없지만, 김사박이라면 언젠가는 그 물질에 대하여 알려 줄 수 있을 것이란 확신이 들었다.

김사박.

그 자신이 못하면 더 유능한 사람을 찾아서라도 해결해 줄 수 있을 것이란 확신을 가졌기에 그에게 힉스물질을 전해 준 것이라며 자신을 합리화하기 시작했다. 그렇게 합리화해서라도 스승에 대한 죄스러움과 자신의 과학적 소임에 대한 책임에서 벗어나고 싶었다.

그렇게 자신을 합리화하자, 자신의 육체와 정신이 일치되면서 몸을 의자에서 일으킬 수 있었다. 주섬주섬 자신의 소지품을 챙긴 박사임은 상담실을 벗어났다.

상담실 밖으로 나오자, 건물의 긴 복도에는 전등이 모두 꺼져 있었다. 멀리 보이는 출입구의 불빛만 보일 뿐이었다. 마치 기나긴 어두운 동굴처럼 컴컴했다. 박사임은 조금 겁이 났다. 그래서 어둠 속을 빠르게 뛰어서 출입문을 향하여 달렸다.

마치 자신을 그동안 얽매었던 모든 갈등과 번민의 어두운 터널을 벗어나듯이 불빛이 보이는 출입구를 향하여 미친 듯이 뛰었다.

김사박의 갈등

김사박은 박사임 샘으로부터 힉스물질이 들어 있는 작은 상자를 받아
온 그날부터 수많은 생각과 고민 속에 빠졌다.

그리고 온 가족이 공동으로 사용하는 서재에서 지내는 일이 더 많아졌
다. 아빠가 가장 아끼는 오디오와 비디오를 동시에 감상할 수 있는 복합
장비 위에 장식품처럼 힉스물질 상자를 올려놓았기 때문이다.

고민과 갈등이 교차하거나 수많은 생각이 혼란스럽게 마구 일어날 때
면, 사박은 아빠가 즐겨 듣는 클래식 음악을 들었다. 아빠가 자신의 상
태에 맞추어 감상하는 곡들만 모아 놓은 녹음을 조용히 감상하였다.

사박은 아빠가 동양 음악과 클래식 음악에 자신만의 감상법을 해석해
붙여 놓은 메모를 물끄러미 바라보았다.

(1) 사물놀이

장구소리가 심장을 두드리고, 북소리가 어우러져 내면의 세계까
지 두드린다. 꽹과리의 째질 것 같은 타격음이 뇌파를 자극한다.
그 안에 간헐적으로 들려오는 징의 울림은 내면 깊숙이 울림을 전

힉스

한다. 느리다가 숨이 턱에 차도록 빠르게 타격하는 음이 고요했던 삶의 일탈을 강요한다. 그것에 자극이 되어 새로움을 찾게 하는 파동으로 전해져 온다. 언뜻 들으면 꽤나 시끄러울 법한 소음 진동이건만, 그 속에 가만히 자신을 내려놓아 보면 그 소음 진동이 진부했던 일상을 깨우는 기상나팔 소리처럼 울려온다. 그때부터 어깨춤이 절로 덩실대고, 몸은 어느새 잔잔한 일상으로부터 벗어나 작은 일탈 속으로 젖어든다. 모든 사물이 소리를 일제히 멈추면, 그제야 비로소 새로움으로 깨어난다. 일탈에서 평상심을 찾고 평상심에 새로운 기운을 아로새긴 기분이다. 일상이 지루하다고 느껴질 때 사물놀이 타음에 흠뻑 젖어 보자.

(2) 판굿

나팔소리의 강렬한 고음이 뇌리를 헤집어 놓는다. 장구소리, 소고, 징소리, 꽹과리 소리가 어우름으로 이어진다. 소음과 장단 리듬을 교묘하게 어우르며 비벼 버리는 파동 속을 나팔소리가 헤집고 나온다. 나팔소리에 주변의 타악기 음들이 들리지 않으면서, 나팔소리에만 집중하게 되는 묘한 분위기가 연출된다. 혼란스러움 속에 집중할 수 있는 이 음이 판굿의 매력이다. 하던 일이 지지부진하고 매사가 복잡하게 느껴질 때 판굿을 한번 들어 보자. 집중할 수 있는 묘한 감정을 얻을 수 있다.

(3) 단소산조 천추산류

단소의 청아한 음이 감정의 기복을 조용히 다스려 준다. 잔잔한 미풍이 거센 파도를 조용하고 평온한 바다로 만드는 것처럼 차

분하게 만들어 준다. 가장 짧은 시간에 마음을 추스를 수 있는
곡이다.

(4) 하이든의 '천지창조'
조용하게 명상 속으로 젖어들다가 웅장하게 터져 나오는 장중한
음악에 새로운 발상이 불쑥불쑥 튀어나오는 듯한 기분을 느끼게
되는 곡이다.

(5) 모차르트의 교향곡 40번 G단조
아주 오래된 추억으로부터 가까운 추억까지 거닐며 추억 속에서
일어났던 상념들을 되새김해 보는 기분을 느끼게 하는 곡이다.

(6) 모차르트의 피아노 소나타 7번 K.309
피로에 지친 몸을 천진난만하고 순진무구한 동심의 세계로 안내
하는 듯한 느낌을 주는 곡이다.

(7) 모차르트의 피아노 협주곡 21번
우울한 기분, 화났던 기분 등 감정 조절이 잘 안 되는 순간에 들
으면 평상심을 되찾게 해준다.

(8) 모차르트의 레퀴엠
나태해지거나 일이 손에 안 잡힐 때 들으면, 미래에 대한 경각심
과 더불어 세상을 향한 비장함마저 감돌면서 마음을 다잡을 수
있다.

힉스

⑼ 베토벤의 운명 교향곡

육체적으로 지쳐 있을 때 들으면 힘이 불끈 솟는 기분이 드는 곡이다. 단, 정신적으로 피곤할 때는 듣지 말 것. 소음으로 들릴 때도 있다.

⑽ 베토벤 교향곡 6번 전원

깊은 잠에서 깨어나 현관문을 열고 나와 정원의 잔디를 맨발로 밟고 다니며 춤을 추다가, 집 앞의 작은 개울을 건너다 말고 물장구를 치다가, 양지바른 산비탈 중턱에 올라 두 팔로 날갯짓하며 환하게 웃는다. 그리곤 사뿐히 공중으로 떠올라 오리들이 물장구치는 작은 연못 위를 날아다니다 커다란 나뭇가지에 걸터앉아 넓은 초원을 바라보며 미소 짓는다. 또다시 하늘로 날아올라 마음껏 날아다니는 기분이 드는 곡이다. 자유로운 영혼이 되어 세상을 마음껏 휘젓고 다니는 기분.

김사박의 감상도 김철학과 크게 다르지 않았다. 모든 고뇌와 번민이, 음악을 듣는 순간 고요해지고 평온해지는 기분을 한껏 느끼고 있었다.

그런 기분에 흠뻑 젖은 상태에서 음악 감상이 끝나고 눈을 떠 보면 눈앞에 보이는 힉스물질 상자. 그리고 또다시 일어나는 고민과 생각들……

김사박은 도저히 풀리지 않는 퍼즐을 마주한 것 같았다. 그리고 풀리지 않는 퍼즐에 대한 답답함은 날이 갈수록 커지고 있었다. 하루는 답답함이 극에 달해 힉스 상자를 바닥에 내팽개쳐 버렸다. 그 순간, 김사박은 힉스물질 상자 뒤쪽에 적힌 작은 글씨를 발견하게 되었다. 그곳에는 '자가증식 물질'이라고 적혀 있었다. 아주 작은 글씨라 무심히 보면 상자의 세세한 무늬처럼 보일 정도였다.

김사박은 그 '자가증식 물질'이라는 것에 자꾸 신경이 쓰였다. '자가증식이라면 이 상자 안의 힉스물질이 자가 증식을 할 수 있다는 말인가?' 하는 의구심을 가졌다.

그와 동시에 호기심이 발동했다.

김사박은 작은 주사기를 구입해서 힉스물질 상자로 주사바늘을 꽂아넣고, 그 안의 물질을 아주 조금 주사기로 뽑아내었다. 그리고 실험을 해 보기로 했다. 주사기로 뽑아낸 힉스물질을 물에 섞은 뒤 물총에 담아, 주변 사람들에게 쏴 보는 것이었다.

김사박의 호기심 실험

　김사박은 물총에 담긴 힉스물질을 조심스럽게 주머니에 가지고 다녔다. 그리고는 아이들을 괴롭히는 학폭을 향하여 물총을 조금 발사하였다.

　그 순간, 험악한 얼굴로 아이들을 괴롭히던 학폭이 갑자기 평온한 얼굴이 되었다. 아이들도 의아한 표정으로 학폭의 얼굴을 보았다.

　그러나 그것도 잠시. 학폭은 다시 험악한 얼굴로 돌아와 자신이 언제 그랬냐는 듯이 아이들을 괴롭혔다.

　"넌 뭐야, 너도 맞고 싶어?"

　"아, 아냐."

　사박은 그 모습을 보면서 무엇인가 물총 안의 물질이 작용은 하는 것 같은데, 너무 짧은 순간에 벌어진 현상이라 섣불리 확신할 수 없었다.

　이번에는 골목길에서 서로 물어뜯을 듯이 싸움을 하고 있는 개들을 향하여 물총을 조금 발사하였다. 그 개들은 갑자기 싸움을 멈추었다. 그리곤 다시 싸움을 시작했다. 김사박은 또다시 물총을 발사하였다. 그러자 다시 싸움을 멈추었다. 그러나 몇 초 후에 다시 개싸움은 시작되었다.

　김사박은 물총의 물질에 순간적이나마 반응하는 학폭과 개들의 모습이 머릿속에서 떠나지 않았다.
　'뭐지?'
　박사임 샘으로부터 힉스물질을 받아 왔을 때는 심적 부담감에 많은 번민 속에서 괴로웠었다. 그러나 지금은 다르다. 이 힉스물질에 반응하는 대상의 변화가 궁금해지기 시작했다.
　'왜 반응을 하였을까?'
　사박의 강한 호기심이 발동하였다. 갑자기 사박이의 발걸음이 빨라졌고, 이내 빠르게 달리기 시작했다.

　자신의 호기심을 해결하기 위해 1분 1초도 아깝다는 생각이 드는 순간, 자신도 모르게 뛰게 되었다.
　숨이 턱까지 차오르는 것을 참으며 현관문을 열었을 때, 사박은 숨을 고르며 헐떡거리는 심장을 진정시키려 하였다. 너무 숨이 차서 죽을 것만 같았다. 현관 입구 벽에 기대어 사박은 한동안 그렇게 서 있었다. 그때, 사박의 아빠인 김철학이 서재에서 나오면서 무슨 일인가 해서 김사박을 향하여 물었다.
　"사박아, 무슨 일 있니? 왜 그래?"
　사박은 그제야 제정신을 차릴 수 있었다. 이마의 땀방울이 눈 속으로 들어와 따가웠다. 옷소매로 눈가의 땀을 닦던 사박은 아빠에게 도움을 청해야겠다고 순간적으로 판단하였다.

아버지와 아들의 힉스 정보 수집

"힉스?"

김철학은 김사박이 담임 선생님에게서 받아 왔다는 물질의 이름인 '힉스'라는 용어를 처음 듣기에 물었다. 김사박은 자랑스러운 듯이 말했다.

"예, 힉스라는 물질이 이 조그만 용기 안에 들어 있다니까요."

김사박의 아빠는 무척 호기심이 가는 표정으로 작은 유리 용기를 위아래로 들여다보았다.

"아무것도 없는 것 같은데?"

김사박은 그런 아빠의 질문이 '믿을 수 없다'는 뉘앙스로 들려서 기분이 나빠졌다.

"못 믿겠으면 아빠는 관심 끄고 계세요!"

김사박의 토라진 목소리에 조금은 미안한 듯이 김철학이 말했다.

"아니, 못 믿겠다는 것이 아니고, 육안으로는 확인되지 않으니까 하는 말이지."

"아빠, 제가 이 물질을 가지고 직접 실험을 해 보았는데 순간적이지만 어떤 작용에 대한 반응은 분명히 있더라고요."

김철학은 사박의 말에 반신반의하듯 고개를 가로저었다.

"어떤 반응인데?"

"이 힉스물질을 감정이 격한 상대에게 발사하면 순간적으로 멈칫하는 반응을 보이는데, 그것이 궁금하거든요? 그래서 이 힉스물질에 대해서 아빠와 같이 연구했으면 하는데, 아빠 생각은 어떠세요?"

"그래? 그럼 당장 그 물질에 대해서 알아보자."

김사박이 아빠의 성급한 답변에 손사래를 쳤다.

"아빠, 우선 힉스라는 물질에 대하여 충분한 지식이 필요하다고 생각해요. 저도 힉스에 대하여 잘 모르고 아빠도 잘 모르는 물질이니까, 서로 각자의 방법으로 힉스에 대한 자료를 수집해 보는 것이 어떨까요?"

김사박의 제안에 김철학은 얼른 대답했다.

"좋았어. 호기심 가는 일에 대한 정보를 수집하는 것이라면 어떠한 일보다도 기쁘고 즐거운 일이지!"

두 사람은 그렇게 각자의 방으로 향했다. 김사박 부자는 각자 힉스에 대한 정보를 수집하여 자신들이 궁금했던 부분을 제목으로 정리해 봤다.

【Higgs: Higgs boson】

(1) 명명

1964년 이론물리학자 피터 힉스(P.W. Higgs)가 존재를 예언한 가상의 입자이다. 처음 존재를 주장한 피터 힉스 에든버러대 물리학과 교수의 이름을 따 '힉스'로 명명됐다.

(2) 성질

힉스

스칼라 입자이며, 소립자 각각에 질량이 부여되는 과정에서 생성된다. 그래서 '신의 입자'라 불린다. 힉스입자는 스핀이 없고, 전기적 특성이나 색 전하를 갖지 않는 불안정 입자로서 빠른 속도로 붕괴한다.

(3) 크기

양자의 약 134배인 125.5GeV(기가전자볼트)의 질량, 표준모형과 일치하는 [0]의 스핀 값을 가진다.

(4) 존재 확인

자연 속에서는 그냥 볼 수 없어, 가속기로 입자를 충돌시켜 이 에너지로 힉스입자를 생성해야 한다. 힉스입자는 생성되자마자 다른 입자들로 붕괴되어, 이 붕괴된 입자들을 분석함으로써 힉스입자의 존재를 알아낼 수 있다.

(5) 연구 과정

- 미국 : 힉스입자를 발견하기 위해 세계에서 가장 먼저 실험을 계획하였다. 미국 국립페르미가속기연구소가 1983년 둘레 6.28㎞에 달하는 '테바트론(Tevatron)'을 만들었으나, 재정난을 이유로 2011년 9월 실험을 중단하였다.
- 유럽 : 2008년 유럽입자물리연구소(CERN)가 약 100억 달러의 예산을 투입해 둘레 27㎞에 달하는 대형강입자충돌형가속기(LHC)를 만들었다.
- LHC 실험 : 2012년 7월 4일, 지하 100m 속에 지름 8㎞의

입자가속기인 LHC를 이용해 두 개의 양성자(수소원자에서 전자가 없는 입자)를 강력한 전기장과 자석으로 가속하여 빅뱅과 비슷한 에너지로 서로 정면충돌시키는 실험을 통해 힉스입자의 존재를 발견하였다고 발표되었다. 이후 충분한 실험을 통하여 힉스의 존재 여부를 검증한 후, 2013년 10월 4일(현지시간) 유럽입자물리연구소(CERN)가 힉스입자의 존재를 확인하였다고 발표하였다.

(6) 노벨물리학상 수상

1964년 벨기에의 프랑수아 앙글레르 브뤼셀 자유대 명예교수와 영국의 피터 힉스 에든버러대 명예교수가 '힉스입자'의 존재를 예견한 후, 그로부터 49년 후 극적으로 2013년 10월 8일(현지시간)에 스웨덴 왕립과학원 노벨위원회로부터 우주 탄생의 열쇠인 힉스입자의 존재를 예견한 공로를 인정받아 노벨물리학상을 수상하였다.

(7) 존재 가치

137억 년 전 우주가 태어난 순간인 '빅뱅(대폭발)' 때 모든 입자에 질량을 부여하고 사라진 존재로, '삼라만상의 근원'으로 불린다. 우주 탄생의 원리를 설명하기 위한 가장 유력한 가설인 표준모형에 따르면, 우주 만물은 12개의 소립자(6개씩의 쿼크, 렙톤으로 구분)와 4개의 매개입자(전자기력, 약한 핵력, 강한 핵력, 만유인력)로 구성된다. 이런 소립자와 힘의 결합이 세상의 모든 물질을 구성한다는 것이다. 가령 원자핵이나 원자핵 속의 양성자 등도 이런 기본 입자가 만들었다는 의미다.

힉스

힉스 입자의 존재를 확인했다는 것은 질량이 있는 모든 입자의 생성 원리를 규명했다는 것을 의미하며, 더 나아가 우주 탄생의 원리를 설명하는 가장 유력한 가설인 표준모형의 완성을 뜻한다. 힉스입자로 물리학의 표준모형이 완성된 것이다.

⑻ 힉스입자의 존재 의미

입자에 질량이 없으면 빛의 속도로 움직이겠지만, 다른 입자와는 전혀 반응을 하지 못해 우주 만물을 형성할 수 없다. 힉스 입자는 만물을 형성하는 입자에 필요한 질량을 제공하는 매개체이다. 물리학자들은 자연계를 이루는 기본입자 12개와 이들 사이의 힘을 매개하는 입자(게이지 입자) 4개에 질량을 부여하는 역할을 하는 17번째 입자를 힉스의 역할이라고 추정하였다.

정리를 해놓고 보니, 그동안 힉스에 대한 감도 잡히지 않았던 것이 구체화된 느낌이었다. 더구나 힉스에 대한 이미지가 그려지는 듯했다.

김사박은 어려운 숙제를 해결한 듯이 말했다.

"아빠, 이 정도면 힉스에 대한 궁금증이 많이 해소된 것 같은데요?"

김철학도 흡족한 표정을 지으며 말했다.

"그러게 말이다. 우리가 원하던 답은 된 것 같구나. 미흡하지만……."

그렇게 말하고 두 사람은 말없이 서로 다른 곳을 응시하며 각자의 생각 속에 빠졌다.

'이제 어떻게 해야 하는가?'

두 사람은 다른 곳을 응시하였지만, 같은 생각을 하고 있었다.

'막연하다!'

힉스에 대한 구상

김사박 부자는 힉스에 대한 대략적인 지식을 토대로, 각자가 힉스물질을 어떻게 연구하고 싶은지에 대한 대화를 나누었다.

우선 김사박은 힉스를 정의로운 물질로 만들고 싶다고 했다.

김철학이 물었다.

"정의로운 물질? 사박아, 그것이 의미하는 것이 정확히 어떤 것이니? 너무 추상적인 연구과제가 아닐까?"

김철학의 질문에 김사박이 대답하였다.

"아빠, 제가 의도하는 정의로운 물질은 그렇게 추상적인 의미를 내포하는 것은 아니고요, 단지 학교에서 힘으로 아이들을 괴롭히고, 살인과 같은 인간적으로 도저히 용서받을 수 없는 범죄자들을 단죄하는 물질로 개발했으면 하는 의도예요. 그것이 불가능할까요?"

김철학은 한참을 생각에 잠겨 있다가 말을 꺼냈다.

"사박아, 꼭 그것이 불가능하다고 말할 수는 없지만 우리의 능력으로 과연 가능할까 하는 생각을 잠시 해 봤다. 우리의 능력을 한껏 키운다면 불가능하다고 생각하지는 않다고 본다. 사박이의 생각과 아빠의 생각이 어느 부분에서는 일치하는 것 같기도 하단다. 아빠는 힉스물질에 대한 대략적인 정보를 보면서, 힉스의 물질적인 부분을 정신적인 부분과 일체화하는 방법은 없을까 생각하던 중이었거든. 그런데 사박이는 아빠보다 좀 더 구체적인 생각을 하였구나."

아빠의 말씀을 곰곰이 듣고 있던 사박이 말하였다.

"아빠, 그럼 아빠와 내가 추구하고자 하는 부분이 거의 비슷한 것이네요?"

얼굴에 환한 미소를 띤 채 김철학이 말했다.

"사박아, 아빠가 정신적인 부분을 조절할 수 있다는 생각을 갖게 된 계기는 말이다. TED 강의에서 켈리 맥고니걸 심리학 박사가 강의한 [스트레스를 친구로 만드는 법]에 의하면, 스트레스는 43%의 사망률을 증가시킨다고 하더라. 하지만 그것은 스트레스를 부정적이라고 믿는 사람들에게만 해당하는 수치라고 해. 스트레스를 유익한 반응이라 믿었던 사람들은 실험에서 덜 긴장하고 오히려 더 자신감 있는 모습을 보였다는 것은 우리가 스트레스에 대해 어떻게 생각하느냐에 따라 해롭거나 이로울 수도 있다고 주장했지. 이처럼 스트레스조차도 인간이 어떤 관점으로 보느냐에 따라 달라진다는 것은 인간의 감정을 어떻게 움직이는가에 따라 얼마든지 마음대로 좋거나 나쁘게 조절할 수 있다는 것 아니겠니?"

김사박이 놀란 듯이 물었다.

"아니, 아빠가 TED 강연도 듣고 계셨어요?"

김철학이 눈을 똥그랗게 뜨고 김사박을 쳐다보았다.

"왜? 아빠는 TED 강연을 들으면 안 되니?"

"아니, 뭐 아빠가 TED 강연까지 보고 계실 줄은 꿈에도 몰랐죠!"

"관심이 있다면 TED뿐이겠니? 관련된 정보가 꼬리만 보여도 찾게 되는 것 아니겠니?"

김사박은 아빠의 지식 서핑에 놀라울 뿐이었다.

"그것뿐이 아니고, 정신건강의학과 전문의 박용철 박사의 저서 『감정은 습관이다』에서 평소 행복하다고 생각하는 사람은 별다른 일이 발생하지 않아도 행복하다고 느끼는데, 그것은 행복한 감정에 익숙하기 때문이라고 해. 반면 우울함이 표준감정인 사람은 좋은 일이 있어도 잠시만 행복할 뿐, 다시 우울함을 찾아 헤맨다고 해. 이들은 우울한 상태가 익숙하기 때문이야. 현재 자신의 기분이 주변의 실제 상황과 반드시 일치하는 것도 아니라는 것이지. 평소 걱정이 많은 사람은 걱정을 할 때, 마음이 편하다고 해. 걱정할 만한 상황이 아니더라도 심리적인 편안함을 느끼기 위해 걱정을 하는 것이지. 즉, 행복하려면 표준감정을 행복으로 바꿔야 한다는 결론이지. 이러한 감정의 상황을 힉스물질에 주입하여 조정하거나 조절할 수 있지 않을까?"

이렇게 말하고 김철학은 깊은 생각에 빠졌다. 김사박도 아빠의 말씀을 듣고 깊은 생각 속으로 빠져들었다.

두 사람은 그렇게 각자 사유의 세계 속에서 유영하고 있었다. 시간 가는 줄 모르고…….

지금 그들이 가고자 하는 길이 어떤 길인지 모른 채 각자의 사유 속에서 상상의 나래를 펴고 있었던 것이다. 그것이 아픔이 될 것인지, 기쁨이 될 것인지도 모르고…….

물리 샘의 결혼과 비애

그 무덥던 여름의 강렬했던 기운이 물러가고, 아침저녁으로 선선한 바람이 불기 시작하는 초가을의 하늘은 눈이 시릴 정도로 파란 파장의 진동을 하늘 전체도 모자라 땅끝까지 덮으려 하고 있었다.

그런 초가을의 어느 날, 물리 샘은 결혼식을 올렸다. 매일 학교에서 보던 물리 샘과 결혼식장에서 보는 물리 샘은 완전히 다른 사람이었다.

학교에서는 검은 뿔테 안경에 단정히 뒤로 묶은 머리, 그리고 캐주얼한 옷에 스포츠 운동화 차림으로 스포티하게 입었던 물리 샘이었다. 그래서 항상 무엇인가 열심히 연구하고 있다는 이미지가 강렬했던 물리 샘의 모습이었다.

그러나 오늘 결혼식장에서의 물리 샘은 화장품 광고에 나오는 모델보다 더 화려, 더 섹시, 더 청순, 더 부드러운, 모두가 빠져들 듯한 매력의 눈부신 신부화장을 하고 있었다. 그런 모습으로 드레스를 입은 물리 샘은 학교에서의 물리 샘이 아닌 완전히 다른 사람, 아니 최고로 아름다운 여인이었다.

물리 샘의 코에 얹혀 있던 검은 뿔테 안경이 없어졌고, 머리는 웨딩드레스 패션쇼의 모델처럼 아름답고 세련되게 하고, 속눈썹을 길게 달고 화사한 볼터치의 메이크업과 더불어 섹시한 컨셉의 드레스를 입은 샘은 하늘에서 내려온 선녀 같은 분위기의 아름다운 여인이었다.

물리 샘의 몸 전체에서 신비감으로 충만한 후광이 강렬하게 분사되어 나오는 듯한 착시현상을 느꼈다.

신부 입장과 동시에 결혼식장에 참석한 손님 중 물리 샘을 알고 있던 모든 사람들에게서 나타난 현상은 신부 입장과 동시에 '우와!' 하는 이구동성의 감탄사와 함께, 떡 벌어진 입이 닫히지 않는 것이었다.

물리 샘은 그렇게 자신의 모든 과거를 훌훌 털어 버리고 새로운 삶을 위하여 완전히 변신하였다.

그러나 이러한 물리 샘의 화려하고도 우아한 자태와는 다르게, 안면에는 묘한 표정들이 혼재되어 나타나곤 했다. 언뜻 보면 무척 즐거운 얼굴 표정이지만, 또 다른 시각으로 보면 무엇인지 모를 슬픔이 묻어나기도 했다.

묘한 감정이 물리 샘의 얼굴에 번갈아 나타나는 모습이 김사박의 눈에만 보이는 것인지, 아니면 모든 결혼식 하객들 눈에도 보이는 것인지는 모르지만, 김사박은 물리 샘의 감정을 몰래 훔쳐본 것 같은 생각에 아빠의 팔을 이끌고 그 자리에서 벗어나, 하객용 뷔페식당으로 먼저 발길을 돌렸다.

뷔페식당에는 결혼식이 아직 끝나지도 않았는데 일찍이 뷔페 음식을 먹으려고 모여든 손님들로 가득 찼다.

김사박 부자는 접시에 적당량의 음식을 담아서 비어 있는 식탁에 자리를 잡았다. 원형으로 된 8인용 식탁에 물리 샘의 하객인 듯한 2명이

원탁 반대편에서 식사를 하고 있었다. 김사박 부자가 막 음식을 먹으려는 순간, 4명의 하객이 먼저부터 앉아 있던 사람들과 반갑게 인사를 하고는 김사박 부자가 앉은 식탁에 같이 앉았다. 언뜻 보기에도 물리 샘과 비슷한 연령, 비슷한 이미지의 사람들이었다.

그들 남녀는 앉자마자 음식보다는 서로의 안부를 묻고 물리 샘에 대한 이야기를 시작했다.

"박사임이 진짜 결혼을 하네?"

화사하게 입는다고 입었지만 어딘지 모르게 어색한 코디로 옷을 입고 있는 뚱뚱한 여자가 말을 했다.

그러자 처음에 김사박 부자보다 먼저 자리를 잡고 앉아 있던 두 여자가 동시에 말을 했다.

"그러게 농담인줄 알았더니 진짜네!"

다시 뚱뚱한 여자가 말을 이어 갔다.

"사임이 쟤는 항상 우리를 깜짝깜짝 놀라게 하는 재주가 있어. 우리들 중에서 박사학위를 제일 먼저 받을 때부터, 더블에스그룹 연구소를 갑자기 퇴직하고 고등학교 물리과목 선생님으로 이직한 것까지……."

"그러게 말이야. 도대체 종잡을 수 없는 삶을 사는 종자라니까?"

뚱뚱한 여자가 다시 말을 받았다.

"나랑 제일 친했는데도 그 변신과정을 나에게 한 번도 먼저 말해 준 적이 없어. 베프한테도 신비주의로 일관한다니까!"

뚱뚱한 여자가 물리 샘과 제일 친했던 듯했다. 그 여자가 다시 말을 이어 갔다.

"하긴, 아픔이 묻어나는 변신과정에서 나에게 말하고 싶었겠어? 변신하고 나서 나에게 그 아픔을 말하는데, 나도 많이 아프더만……."

그때 왜소한 체구에 눈빛이 장난 아니게 반짝이는 남자가 말을 받았다.

"왜? 사임이에게 어떤 아픔이 있었는데?"

뚱뚱한 여자가 말을 했다.

"정 박사는 잘 모를 거야. 남자니까!"

"뭐라고? 남자라서 잘 모른다고?"

발끈하고 화를 내는 남자를 무시하고, 뚱뚱한 여자가 포크에 족발 편육 3장을 찍어서 한입에 집어넣고 우물우물 두 번 씹고 꿀떡 삼켰다. 그리고 사이다 한 컵을 따라서 반 컵을 벌컥벌컥 마시더니 말을 이었다.

"정 박사, 우리 쪽 대학 나와서 국내대학원 박사학위 받은 사람들이 유학파 박사들한테 밀리는 것은 엄연한 사실이잖아. 그리고 기초물리학 분야에서 박사임처럼 해외 유학파도 아니면서, 그것도 여자 주제에 해외 유학파 박사들이 깜짝 놀랄 만한 성과의 논문을 발표해 대는데 그들이 박사임이가 예뻤겠어? 아주 미워 죽었을 거야. 그래서 서로 소통해도 모자랄 판에 우리 박사임이를 왕따시키고, 박사임과는 어떤 과제도 같이 소통을 안 해 주니 우리 박사임이 두 손, 두 발 다 들고 나와 버린 것이지."

뚱뚱한 여자 옆에 앉은 학구파로 보이는 검은 뿔테 안경 쓴 여자가 말했다.

"하긴, 우리나라의 사회구조가 연구 분야뿐만 아니라, 모든 분야에서 남자와 여자가 동등한 대우, 동등한 조건, 동등한 기회가 주어진다는 것이 얼마나 어렵고 힘든 것인지, 아마 경험해 본 여자들은 다 알 거야. 남녀평등 같은 소리는 머나먼 남의 나라 이야기라니까!"

왜소한 체구의 눈빛 사나이가 말했다.

"아니야. 지금은 많이 좋아지고 있잖아! 정치권에서부터 여성정치인의 공천 비중을 늘리고 있고, 대기업에서도 여성 임원의 승진 기회가 늘어나고 있는 것을 보면, 많이 좋아지고 있는 것 같은데…….”

뚱뚱한 여자가 남자의 말이 끝나기도 전에 대꾸했다.

“그것은 가시적인 효과를 노린 것뿐이지, 실제 현장에서 같이하는 사람들의 마인드는 별로 변한 것이 없는데, 대체 무엇이 많이 좋아졌다는 거야?”

왜소한 체구의 남자는 무엇인가 말을 하려다가 말을 멈추었다. 주변의 분위기가 자신이 대변할 주제가 아닌 듯싶어 한발 뒤로 물러선 것이었다.

뚱뚱한 여자는 남자의 반발하는 응수를 기다렸지만 별 반응이 없자, 실망한 듯 족발 편육을 포크로 한 무더기 찍어서 한입에 넣고 우물우물 씹어 댔다.

자신의 사회적 욕구불만을 씹어 없애듯…….

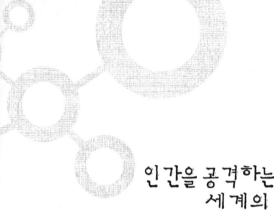

인간을 공격하는 무기 경쟁과 세계의 굶주림

세계의 군비 경쟁 기획 기사를 보고 있던 김사박이 인간이 인간을 공격하는 무기에는 어떠한 것들이 있는지 궁금해졌다. 그리하여 인간의 생존을 직접적으로 위협하는 무기의 발달에 대한 정보를 수집하여 다음과 같이 정리해 보았다.

인간이 처음으로 무기를 사용하기 시작한 것은 생존을 위해서였다. 생존하기 위하여 다른 동물을 사냥하는 도구로서 무기를 개발한 것이다.

그러나 차츰 그 사냥도구들은 자신들의 생존을 위하여 다른 인간을 공격하는 무기로 개발되기 시작했다. 원시시대로부터 근대적인 화약이 발명될 때까지 석기 · 청동기 · 철기시대의 돌도끼, 창, 칼, 활 등이 사용되었다.

두 번째 무기의 개발은 화약의 발명으로부터 19세기 말까지의 시기에 이루어졌으며, 화약의 발명과 함께 총포류가 개발되었다.

힉스

세 번째 무기의 개발은 제1차 세계대전에 사용된 비행기와 비행선 등의 전쟁무기를 들 수 있다. 독가스와 같은 화학무기와 전차·잠수함 등도 사용되었다.

네 번째 무기의 개발은 제2차 세계대전을 위해 이루어졌다. 레이더·소나 등의 전자무기와 미사일, 전략폭격기, 항공모함, 잠수함, 전차 등이 개발되었다.

다섯 번째 무기의 개발의 특징은 원자폭탄이라는 가공할 만한 무기가 사용되기 시작했다는 것이다. 원자폭탄은 핵분열 방식의 것으로부터 핵융합방식의 수소폭탄으로 발전하고, 메가톤급의 위력을 가지게 되었고, 형태도 소형·경량화되었다.

이어서 대륙간 탄도미사일, 탄도요격, 초음속 장거리 폭격기, 공중발사순항 미사일, 핵잠수함과 장거리 잠수함발사 탄도미사일, 군사위성, 대(對)미사일·방공용의 고출력 레이저, 입자빔 무기, EPM(전자기파)탄, 레이저 포 등의 신무기 외에도 드론, 무인기 등을 이용한 방법 등 인류를 위협하는 무기들이 계속하여 개발되고 있다.

이제 인간은 더 이상 동물을 공격하기 위한 무기는 개발하지 않는다.

김사박이 자신이 정리한 무기 개발 역사를 보면서 최종적으로 느낀 감정이었다.

김사박은 아빠의 견해를 듣고 싶었다. 그래서 자신이 A4 용지 한 장에 정리한 무기 개발 역사를 김철학에게 보여 주었다.

김철학은 아들 김사박이 정리한 것을 다 보고 난 후 말했다.

"과거에서 현재까지 인류의 역사는 무기의 개발로 이어져 왔다는 것이네. 인간이 이 무기를 개발하면서 다른 모든 관련 과학 기술들이 함께 발전되어 온 것은 사실이지만, 무기가 아니고 다른 과학적 물질들을 개발하였다면 아마도 인류는 지금보다는 더 많이 발전되어 있지 않았을까?"

김철학의 의견 제시 같은 질문에 김사박은 자신이 생각했던 말을 꺼냈다.

"아빠, 물리적 공격에 물리적 대응의 한계는 어디까지 일까요? 제가 무기의 개발 역사를 정리하면서, 그것은 창을 막기 위한 방패의 개발처럼 '모순'의 관계이며, 영원히 해결되지 않는 문제라고 생각을 해 봤거든요."

김철학은 김사박의 질문 아닌 질문에 답하였다.

"무기로 무기를 막는다……. 오직 물리적 개념으로만 해결하기엔 너무도 어려운 문제가 되어 버린 것이 아닐까? 차원을 달리하여 물리적 개념의 반대 개념인 정신적·감성적 개념으로 물리적 충돌을 잠재워야 하지 않을까 싶어. 인간의 감정을 움직여 모든 물리적 수단을 무력화하는 것이 어쩌면 최선의 방법이지 않을까?"

김사박은 김철학의 말에 긍정하듯 고개를 끄덕이며 또 다른 자료를 보여 주었다. 그것은 세계의 국방비 지출과 세계의 굶주림에 관한 자료였다.

【세계 각국의 국방비】
영국 싱크탱크 국제전략문제연구소(IISS)가 제출한 2013 군사 균형연례보고서에 의한 2012년 세계의 국방비 지출을 보면 다음과 같다.

힉스

1위 미국 – 6004억 달러(약 650조 원)

2위 중국 – 1122억 달러

3위 러시아 – 682억 달러

4위 사우디아라비아 – 596억 달러

5위 영국 – 570억 달러

6위 프랑스 – 524억 달러

7위 일본 – 510억 달러

8위 독일 – 442억 달러

9위 인도 – 363억 달러

10위 브라질 – 347억 달러

11위 한국 – 318억 달러

12위 호주 – 260억 달러

13위 이탈리아 – 252억 달러

14위 이스라엘 – 182억 달러

15위 이란 – 177억 달러

【세계의 굶주림에 관한 자료】

"전 세계 8명 중 1명 만성적 영양 부족, 굶주림 상태"

2012년 유엔 식량기구의 발표 자료에 따르면, 전 세계에 걸쳐 8명 중 1명이 만성적인 영양 부족 상태라고 했다.

식량농업기구(FAO)는 이날 발표된 보고서를 통해 2010~2012년 사이에 세계 총인구의 12.5%인 8억 6,800만 명이 굶주림에 시달리고 있는 것으로 추산했다.

FAO 등은 영양 부족 및 실조를 굶주림으로 보면서 "지속적인 음식 에너지 필요량을 충족시키지 못하는 식량 섭취"로 정의하고 있다.

김철학이 자료를 다 읽자, 김사박이 말했다.

"아빠, 생존을 위해 기아와 사투하고 있는 이들이 전 세계 8억 6,800만 명이고 10세 미만의 어린이가 5초에 1명씩 사망하고 있다고 해요. 그런데 그들에게 1,000원 미만이면 하루치 식량을 제공할 수 있고, 그들을 생존 가능하게 만들 수 있다고 해요."

김사박의 말을 들은 김철학은 잠시 깊은 생각 속에 빠졌다. 그런 김철학의 모습을 바라본 김사박이 다시 말을 이었다.

"그렇다면 아빠, 매년 지출되는 각국의 국방비로 전 세계 8억 6,800만 명의 하루 식사비용 1,000원을 계산한다면, 그들이 얼마나 건강하게 오래도록 생존할 수 있는지 계산이 나오지 않을까요?"

김철학이 아들의 말에 대답했다.

"그러게 말이다. 무기를 개발하고 국방비로 지출하는 비용을 전 세계의 모든 인류가 행복하게 사는 쪽에 사용한다면, 서로간의 다툼이나 전쟁도 없을 것이고, 그렇게 된다면 자연적으로 무기도 개발하지 않게 될 터인데…….'

김사박은 아빠의 말을 듣고 또 고개를 끄덕였다. 그리고 말했다.

"아빠, 세계의 평화는 무기로 지키는 것이 아니라, 관심과 사랑으로

힉스

지키는 것이 더 현명한 방법인 것 같은데, 왜 우리 인류는 그런 방향으로 움직이지 못하는 것일까요?"

김사박의 말에 김철학은 할 말을 잃었다.

기성세대인 자신이 미래 세대인 아들에게, 자신들의 잘못에 대한 야단을 맞는 것 같은 기분이 들었다.

그렇게 김철학은 한동안 말없이 깊은 사유 속으로 젖어들었다.

인간이 인간을 공격하는 무기를 경쟁적으로 개발하고, 한쪽에서는 식량이 부족하여 굶어 죽는 아이들이 매일같이 생겨나고 있는데, 어느 쪽은 고기를 먹겠다고 식육으로 사육하는 동물에게 식량을 사료로 사용하고 있는 이 혼돈의 현실 사회가 자신이 현재 공존하고 있는 인류 사회라는 사실에 김철학은 울부짖고 싶었다.

'인류여 깨어나라!'

조금만 생각을 바꾸면 인류 전체가 행복한 삶을 영위할 수 있는데, 왜 인류는 그것을 깨닫지 못하는가? 예수, 석가, 공자, 기타 인류가 배출한 많은 성자들은 우리 인류에게 '사랑'을 가르쳤건만, 인류는 왜 이렇게 폭력적으로 변하였던가?

성자의 말씀을 전하는 목회자, 전도사, 스님, 기타의 종교적 지도자들의 왜곡된 전달 방식에 문제가 있었던가? 아니면, 그 성자들의 커다란 가르침인 '사랑'을 자신만을 사랑하라는 이기적인 사랑으로 왜곡하여 받아들였기 때문인가?

인간의 이기심이 성자들을 욕보이고 있는 것은 아닌가? 우리 모두가

'나우리' 안에 갇혀 있는 것은 아닌가?

　나 아니면 우리, 그런 '나우리'만 생각하는 개인, 집단, 민족, 국가들이 오늘날의 인류사회를 더욱더 혼돈 속으로 밀어 넣고 있는 것은 아닌지, 김철학은 곰곰이 생각하였다.

　아들 김사박이 내민 자료들을 보고 나서 김철학은 더욱 아들을 똑바로 볼 수가 없었다. 기성세대가 무엇을 더 어떻게 답변할 수 없다는 사실에 그저 부끄러울 뿐이었다.

힉스

힉스물질 알아보기

김사박 부자는 본격적인 연구를 위하여 힉스물질에 대한 더 구체적인 정보 수집에 혈안이 되어 있었다. 3일 밤낮을 꼬박 새웠다. 그들 부자는 항상 어떤 일에 몰입을 하면 낮과 밤이 바뀌는 것도 모른 채 집중할 수 있는 대단한 집중력을 갖고 있었다.

그렇게 노력을 했건만, 정작 그들이 알아낸 것은 별것이 없었다. 처음에 힉스물질에 대한 정보를 수집한 것 이상의 그 어떤 정보도 찾을 수 없었다. 힉스물질에 대하여 알아낸 것은 힉스물질에 대한 궁금증만 더욱 유발하게 한 것뿐이었다. 겨우 힉스물질에 대한 것을 증명하기 위하여 과학계가 어떠한 노력을 했으며, 어떻게 힉스물질이 생성되었는지 입증하는 데 성공하였다는 사실뿐이었다.

그 물질이 실제적으로 어떤 구조로 이루어져 있으며, 어떤 역할을 했는지 가설만 있을 뿐, 김사박 부자가 원하던 정보는 아무것도 없었다. 조금 실망스러운 결과였다. 그러나 그 와중에서도 '힉스'라는 명칭을 명명한 학자가 우리나라 물리학자인 이휘소 박사라는 점이 흥미로울 뿐이었다.

김사박 부자는 유필현 박사님의 논문 준비 자료에서부터 각종 정보들을 자신들이 3일 밤낮을 헤매며 발견한 결과가, 고작 김사박이 박사임 샘으로부터 힉스물질을 가져온 날 수집한 힉스에 대한 정보 이상의 그 어떤 것도 알아내지 못했다는 사실에 허탈할 뿐이었다.

　　유필현 박사님의 논문자료에는 힉스물질을 세계적인 물리학자들의 방법과 다른 방법으로 힉스 존재를 입증했다는 것뿐, 별다른 사실이 기재되어 있지 않았다.

　　전 세계의 물리학자들도 힉스물질이 존재했을 것이라는 가설 속에서 그것을 증명하는 차원에 머물러 있는 것이 전부였다. 그러나 이처럼 그 물질의 존재만 확인하는 차원의 정보를 가지고는 그 어떤 것도 진행할 수 없었다.

　　김사박 부자는 24시간을 꼬박 잠 속에서 헤매다가 깨어났다. 그리고 무엇엔가 끌리듯이 서재에 있던 힉스물질이 담겨 있는 용기 앞에 동시에 나타났다.

　　"아빠!"

　　"어, 너도?"

　　둘은 그렇게 서로를 인지하였지만, 시선은 힉스물질이 담긴 용기만 바라보고 있었다. 넋 나간 사람들처럼 한동안 그렇게 말없이 서 있던 그들이 서로를 마주 보았다.

　　"아빠, 이제 어쩌죠?"

　　"그러게 말이다. 이거 뭐 귀신에게라도 홀린 것 같구나. 휴!"

　　김철학은 긴 한숨을 내쉬었다.

　　"아빠, 우리가 할 수 있는 일이 아닌 것 같아요. 도로 물리 샘에게 갖다 주어야 할 것 같아요."

자신감을 상실한 것 같은 김사박을 바라보던 김철학은 단호하게 말했다.

"아니야. 이미 너는 박사임 선생님과 약속을 하고 이 물건을 받아 온 것이다. 그렇다면 이제부터의 책임과 권한은 너에게 있는 것이다. 아니, 아빠에게 보여 준 이상 우리 부자의 책임이다. 한번 부딪혀 보는 거야. 어차피 과학자들도 우리가 알고 있는 수준이라면, 이제부터라도 우리 부자가 노력만 한다면 분명 과학자들보다도 더 많은 것을 알아낼 수 있을 거야."

"아빠, 웬 근자감이 그렇게 대단해요?"

"아들아, 솔직히 이 아빠가 근자감 빼면 뭐 있냐. 오로지 근거 없는 자신감으로 오늘날까지 살아온 것을……."

"그런데 아빠, 노벨물리학상까지 수상하게 된 물질에 대하여 아빠와 나처럼 과학적으로 무지에 가까운 사람들이 근자감 하나만으로 힉스물질의 존재를 확인하려고 하는 것 자체가 어불성설인 것 같아요."

김사박 부자는 번쩍이는 섬광에 노출된 사람들처럼 순간적으로 눈앞이 캄캄해지는 느낌을 뇌리 깊숙이 전달 받고 있었다. 그리곤 서로 아무 말 없이 힉스물질이 담긴 용기만 바라보면서 그 밤을 보내고 있었다.

김사박은 답답한 마음에 박사임 선생님에게 메일을 보내었다.

To. 존경하는 박사임 선생님

선생님, 행복한 결혼을 다시 한 번 축하드립니다.

답답한 마음에 메일을 보내오니, 너무 긴장하지는 마세요.

힉스물질의 존재에 대하여 확인해 보고 싶지만, 저희 부자의 짧은 과학적 사고로는 밝혀내기 참으로 어려운 과제입니다.

선생님의 조언을 구하고자 하오니, 답변 부탁드립니다.

추신: 힉스물질과 과학계로부터 영원히 벗어나고자 했던 선생님께 도로 짐을 안겨 드려 죄송합니다.

신혼, 그리고 얽힌 인생의 연결 고리들

　박사임은 결혼과 동시에 신혼여행을 떠났다. 결혼 예식 뒤의 피로연도 생략한 채, 신랑과 단둘이 서둘러 한국을 떠나 왔다. 신혼여행을 겸해서 아주 미국으로 이민을 온 것이었다.

　미국에서의 신혼생활은 박사임에게는 온 세상을 얻은 기분이었다. 그동안 공부와 연구로 인해 마음껏 누려 보지 못했던 자유, 해방감, 행복감, 그리고 향긋, 달콤, 부드러운 사랑의 충만함에 콧노래와 환희의 미소로 하루하루를 보내고 있었다.

　과학자의 소임을 다하기 위한 의무와 책임감, 그리고 목표, 열정에 녹아든 시간들, 과학적 의견 충돌과 집단에서의 소외감으로 인한 스트레스, 분노, 불안감……. 이 모든 것들에서 아주 멀리 떨어져 완전히 다른 세상에 날아와 있는 듯한 나날의 연속이었다.

　신랑과 마음껏 쇼핑도 하고, 헤어스타일도 일주일이 멀다하고 바꿔 보고, 하루는 롱스커트, 하루는 미니스커트. 입고 싶은 대로 과감하게 입고 외출도 하고, 치장하고 싶은 대로 화려하게 치장도 해 보고, 쇼핑하고 싶은 대로 마음대로 사들이고, 하고 싶은 대로 골프도 하고, 당구도 쳐 보고, 술도 마셔 보고, 가고 싶은 대로 유럽도 스스럼없이 혼자서 여행하고, 미국의 주요 도시를 마음껏 돌아다녔다.

그렇게 마음대로 그동안 누리지 못했던 자신만을 위한 극단적이고 이기적인 마음으로 혼자만의 시간을 만끽하고 있었다. 그동안 자신이 여자였다는 사실을 제대로 느껴 볼 여유가 없었다는 것을 요즘 들어 새삼스럽게 느끼는 중이었다.

그렇게 몇 달이 지나가자, 차츰 무엇인가 하지 못하고 있는 일이 있는 것처럼 불안하기도 하고, 허전하기도 했다. 그래서 한동안 보지 않았던 노트북을 꺼내어 메일을 열어 보았다.

메일을 열어 본 박사임은 깜짝 놀랐다. 자신이 이토록 유명인사가 되어 있을 줄은 꿈에도 몰랐다.

친구, 지인, 학교 선생님들, 제자들, 친척들……. 그 많은 사람들이 보내 준 축하 메시지는 최신 도착번호가 972번으로, 무려 1,000통에 가까운 메일이 들어와 있었던 것이다.

이메일의 제목만 보고도 박사임은 눈가에 눈물이 맺혔다.

'나는 이들을 잊으려고 멀리 미국까지 왔는데, 이들은 나를 잊지 않고 이렇게 메일을 보내 주다니…….'

많은 생각들이 뇌리 속에서 혼란스럽게 뒤엉키기 시작했다. 희노애락의 감정이 뒤죽박죽 엉켜 버린 느낌이었다. 그런 와중에 한 개의 메일이 눈에 커다랗게 들어 왔다.

To. 존경하는 박사임 선생님
'김사박'

힉스

왠지 이 메일을 열어 보면 안 될 것 같은 예감이 들었다. 김사박이 보낸 메일을 읽는 순간, 미국에 와서 느꼈던 행복한 감정들이 모두 허공으로 날아가 다시는 자신에게 돌아오지 않을 것만 같았다.

박사임은 순간적으로 마우스에서 소스라치게 놀라듯이 손을 떼었다. 그 메일을 클릭하는 순간, 지금까지의 모든 행복이 산산조각 나버릴 것 같은 불안과 공포를 느꼈기 때문이다.

박사임은 로그아웃하는 것도 잊은 채 노트북의 전원 코드를 빼 버렸다. 그리고 쏜살같이 밖으로 나왔다.

미국의 땅 위로 쏟아져 내리는 햇살을 받으며 박사임은 뛰었다. 키 높은 나무들로 울창한 숲길에 나뭇가지 사이를 뚫고 쏟아져 내리는 햇살들이, 마치 자신을 공격하는 기다란 창처럼 느껴졌다. 그 햇살의 창들을 온몸으로 다 받아 내고 싶었다. 이렇게 도망치는 자신을 그 햇살의 창에 의해 멈추게 하고 싶었다.

뛰었다.

그냥 뛰었다.

아무것도 생각하고 싶지 않았다.

　·

　·

박사임은 정신을 차렸다. 그제야 알았다.

자신이 정신없이 달리던 공원에서 돌아와 노트북이 놓인 책상 앞에 넋 놓고 앉아 있었다는 것을⋯⋯.

스스로 진정한 행복을 누리고자 한다면, 계속 뇌리를 맴돌고 있던 과거의 잔재들은 시원하게 정리를 해야만 한다고 마음속으로 결심하였다.

그래서 다시 노트북을 켜고 김사박의 이메일을 보았다.

김사박의 메일이 짧으면서도 강렬하게 자신의 도움을 요청하고 있다는 것을 알 수 있었다.

박사임은 고민에 빠졌다. 미국에 있는 자신이 한국의 김사박에게 어떻게 도움을 줄 수 있을까 하는 궁리를 하고 있었다. 이제 신혼의 달콤했던 단꿈도 가까이 머물지 않았다.

박사임은 우선 자신이 버리지 못하고 미국까지 가지고 온 소품들을 하나씩 들추어 보기 시작했다. 혹시, 자신이 간직하고 있던 책, 메모, 소품들을 정리하다 보면 김사박에게 도움을 줄 수 있는 방법이 생각날지도 모른다는 생각에서 한 행동이었다.

몇 시간이 흘러갔는지 몰랐다. 신랑이 퇴근해서 돌아와 인사를 했는데도 건성으로 대답하고, 신랑이 퇴근해서 집에 있다는 사실조차 까맣게 잊고 있었다.

신랑이 자신을 다시 찾았을 때는 벌써 밤 11시가 다 되어 가고 있을 때였다. 신랑에게 미안하다는 말과 함께 오늘 밤은 한국의 제자에게 도움을 줄 수 있는 방법을 찾아야 하니 혼자 자라고 하고는, 서재에서 꼼짝도 하지 않고 그날 밤을 지새웠다.

그리고 아침에 신랑이 출근을 한다고 서재의 문을 열었을 때, 박사임은 건성으로 인사를 하며 집어 든 것이 있었다. 자신이 한국에서 읽다만 책 속에 책갈피처럼 끼워져 있던 편지 한 통이었다.

그것을 보는 순간, 박사임은 얼어붙은 듯 꼼짝할 수가 없었다. 유필현 박사님이 눈앞에 나타난 것 같은 환각을 일으켰다. 그것은 바로 유필현 박사님이 자신의 연구 결과인 논문 준비 자료와 힉스물질을 주신

힉스

그다음 날 따로 불러서 자신에게 건네준 편지 한 통이었기 때문이었다.

그 편지를 건네면서 유필현 박사님은 "사임아, 네가 내 연구결과에 대하여 계속 연구를 한다면 이것을 보고, 그렇지 않고 다른 사람이 내 연구를 계속하여 진행하게 한다면 그 사람에게 이것을 읽어 보게 했으면 좋겠다. 부탁한다."고 말했었다. 그때의 그 기억이 마치 현실에서 들리는 것 같은 환청이 일었다.

박사임은 그 편지를 조심스럽게 뜯었다. 그리고 그것을 천천히 읽어 내려갔다.

후배 과학자들을 위하여

나는 이 논문을 준비하면서 나의 연구 논문이 완성되기 전에 나의 생이 다하지 않기를 바라지만, 혹시라도 나의 생이 다하게 되어 연구 논문을 완성하지 못하게 될 경우를 대비하여 이 기록을 남겨둔다.

1. 힉스물질의 발견 방법에서 힉스물질의 생성을 밝히기 위하여 유럽의 과학자들이 스위스에 LHC라는 거대한 강입자가속기 시스템을 구축했다고 한다. 나는 그것이 매우 부러웠다. 그러나 과학자의 입장에서 남의 방법에만 군침을 흘리고 있다는 사실이 너무도 싫었다. 그래서 나는 독자적인 방법을 고안해 내지 않으면 안 되었다.

   수많은 실패 끝에 고안해 낸 방법은 LHC의 시스템을 모방하여 최소화하고 가속 회전동력을 미리 외부에서 충분히 가속화할 수 있는 방법에 중점을 두는 것이었다.

그 결과, LHC의 최대 반경에서 얻을 수 있는 가속보다 2배 더 큰 가속력을 미리 발생시킬 수 있는 방법을 연구 논문에 밝혀 둔다. 그 가속력에 의하게 되면 LHC와 같은 회전반경이 아니더라도 가장 작은 회전력으로도 양성자 간의 충돌실험을 충분히 성공적으로 이루어 낼 수 있었다.

2. 힉스물질의 붕괴를 막기 위한 연구

- 힉스물질이 충돌실험 후 붕괴되는 것을 최소화하기 위하여 힉스물질과 빠르게 융합하는 다른 양성자를 미리 충돌 공간에 배치함으로써 처음 실험에 사용되는 양성자 간 충돌과 동시에 미리 배치해 놓은 양성자와 힉스물질이 융합되게 하는 데 성공하였다.

  그러므로 후배 과학자들은 힉스물질의 유무를 확인하기 위한 수고를 할 필요가 없다. 나의 연구 논문을 신뢰한다면, 힉스물질은 그 양성자와 함께 있다는 것을 믿으면 된다.

- '어떻게 양성자와 힉스물질이 융합되었는지 알 수 있는가?' 라는 의문을 충분히 가질 수 있다.

  그래서 그 의문을 해결하고자 힉스와 융합되지 않은 같은 성질의 양성자를 한쪽 용기에 담고, 힉스와 융합된 양성자를 다른 용기에 담았다. 그리고 각각의 병에 검류계를 설치했다. 그런 후 같은 파동을 전달해 본 결과, 힉스물질이 융합된 양성자와 일반 양성자 간에 색다른 반응이 검출되는 것을 알 수 있었다. 파동 실험 외에도 방사선 실험, 전류 실험 등에서도 힉스와 융합된 양성자 용기에서는 일반 양성자 용기와 다른 반응을 보이는 것으로 보아, 분명히 양성자와 힉스물질이 융합되어 있다는 것을 증명할 수 있었다. 논문에서 자세하게 기술하였으니, 힉스물질이 양성자와 함께 존재하는지에 대한 의문은 삼가기 바란다.

※ 노벨과 같이 평화를 원한 발명도 그 반대로 실행될 수 있으므로 논문에서 다룰 수 없는 중요한 사항(편지내용 2, 3에 대한)은 이메일에 따로 만들어 보관하였으니, 이 편지에 기록해 놓은 비밀번호로 확인한 후 폐기하기 바랍니다. (비밀번호 : *******)

3. 힉스물질의 자가 증폭을 위한 연구
  - 힉스물질을 얻기 위하여 계속 충돌 실험을 할 수는 없었다. 그 준비과정에 소요되는 시간과 만만치 않은 실험 자금 등을 계산해 볼 때, 힉스물질을 얻기 위한 계속적인 실험은 과학자의 올바른 태도가 아니며 동시에 과학적이지 않은 사고방식이라 사료되어 생성된 힉스물질을 자가 증폭 시킬 수 있는 방법을 연구하게 되었다.
    그것은 힉스물질을 생성시키기 위한 실험 방법의 연구보다 더 많은 시간을 쏟게 만들었다. 나의 힉스 연구 중 가장 많은 노력과 시간을 투자하게 하는 부분이었다.
    처음에는 생물체의 세포분열 방법을 도입하려고 하였으나, 힉스와 양성자가 결합된 부분과 세포의 크기보다 너무 작은 크기, 생물체가 아닌 무생물 등에서 성공하기 어렵다는 결론을 도출하게 되었다.

그래서 그 방법은 후배 과학자들의 몫으로 남겨 두고, 나는 다른 방법을 고안하게 되었다.

우연찮게 매미의 울음에서 그 해답을 찾았다. 숲 속의 매미는 그 작은 몸집에서 자신의 몸짓보다 수십 배나 큰 새의 소리보다 더 큰 소리를 숲 전체에 쩌렁쩌렁 울릴 만큼 낼 수 있다는 사실에 주목했다. 그 결과, 매미는 자신의 소리를 크게 내기 위하여 자신의 성량을 최대한 증폭시키는 자가 증폭 기능을 가지고 있음을 알게 되었다.

나는 그 기능을 생물학적 관점이 아닌 물리학적인 관점에서 재해석하고 접목시키려 노력하였다. 그래서 힉스물질이 가지고 있는 에너지의 파워를 키우고 싶었다. 그 이유는 메일에 자세하게 기술하였다.

자가 증폭 실험과정에서 나는 놀라운 사실을 발견했다. 그것은 매미는 소리를 자가 증폭할 뿐이었지만, 힉스물질은 자가 증폭하는 과정에서 세포가 분열하여 자가 증식하는 것처럼 자가 증식을 한다는 사실이었다. 실험을 거듭해도 결과는 마찬가지였다.

나는 그 이유가 힉스입자는 스핀이 없고, 전기적 특성이나 색전하를 갖지 않는 불안정 입자로서 생성과 동시에 빠른 속도로 붕괴한다는 사실에 근거하여 추정하였다. 다른 입자로의 붕괴를 막고자 양성자와 결합하게 하였던 것이 증폭과정에서 힉스물질의 붕괴되는 성질이 붕괴보다는 자가 증식의 성질로 변성되었다고 추정하였다. 그 부분은 후일, 후배 과학자들이 증명하여 줄 것이라 믿고 그 부분에 대한 연구는 생략하기로 하였다. 왜냐하면 나에게는 주어진 시간이 별로 없기 때문이다.

그 결과, 자가 증식 부분에 투자한 많은 시간은 힉스물질을 발견해 놓고도 논문의 연구 결과 발표를 늦추게 된 원인이 되었다. 그러나 힉스입자 생성보다 더 값진 연구결과를 얻은 것에 대하여 하늘에 감사를 드릴 뿐이다.

나의 연구 실험결과, 양성자와 힉스물질이 융합된 것이 자가 증식되기는 하였지만 일정량 이상 증식되지 않는 한계가 있었다. 그러나 이 결과에도 또 다른 핸디캡이 존재하고 있다는 사실을 자가 증식 실험을 계속 진행하는 과정에서 알게 되었다.

이 양자 힉스물질 융합물은 어떠한 원인에 의한 것인지는 몰라도, 생물체 내에서는 어느 정도 일정량이 존재하면 다른 힉스물질과 같이 공존하지 않으려는 성질이 있음을 알게 되었다. 그것은 구더기를 통한 개체 실험에서 알게 된 사실이지만, 추정컨대 양성자 힉스물질이 일정 수량이 되면 나머지는 다른 구더기 개체로 스스로 자가 증식되어 스스로 전이된다는 것을 추정할 수 있었다.

그러나 나는 그 결과만으로도 매우 만족하였다. 충돌실험에 의한 힉스 생성보다는 훨씬 짧은 시간에 작은 비용으로 힉스물질을 생성시킬 수 있었기 때문이다.

몇 번의 반복 실험으로, 나는 10㎣ 용기 속의 힉스물질을 10배로 자가 증식시켜 100㎣의 용기 속에 저장할 수 있었다.

나의 이 연구논문과 연구결과물을 남겨 놓을 수 있었다는 것에 대하여 기초물리학에 내 평생을 다 바친 보람과 자긍심을 갖는다. 그리고 이 연구 결과가 나에게서 이루어질 수 있도록 도와주신 하늘의 모든 신들께 감사드린다.

내 생의 마지막이 점점 가까이 다가오고 있음을 내 스스로 감지하고 있지만, 나는 이 순간 아무것도 두렵지 않다. 내 손으로 이런 연구 결과물을 만들어 놓고 눈을 감을 수 있다는 사실에 감사할 뿐이다.

후배 과학자들이여! 이 연구 결과물이 인류의 미래를 위하여 아주 훌륭하게 유용될 수 있도록 많은 연구를 해 주기 바랍니다. 나의 마지막 소망은 오로지 그것뿐입니다.

—

아름다운 세상의 한 조각을 책임지고 싶었던 미미한 존재의 연구자 유필현

편지를 마지막까지 다 읽은 박사임의 얼굴은 온통 눈물로 범벅되어 있었다. 편지지에는 첫 장부터 박사임의 수많은 눈물방울이 떨어져 얼룩져 있었다.

박사임은 편지지를 부여잡은 채 하늘이 꺼지도록 목 놓아 울었다.

"박사님~! 흐흐흑……."

눈물샘이 바닥나서 거의 눈물이 나오지 않게 되었을 즈음이 돼서야 박사임은 그 자리에서 일어날 수 있었다. 그리고 비틀거리면서 노트북 앞에 앉았다. 그리고 자신의 눈물로 얼룩진 편지지를 스캔한 후, 김사박에게 메일로 전송하였다.

힉스

To. 사박이에게

선생님이 너를 도울 수 있는 것은 이제 이것뿐인가 보다. 미안하다.

유필현 박사님의 친필 편지를 메일로 보내니, 이것을 참고로 좋은 성과가 있기를 바란다.

—

세상에서 가장 뻔뻔한 선생님이

힉스물질의 연구 목표와
방향 설정하기

박사임의 메일을 확인한 김사박 부자는 천군만마를 얻은 기분이었다.

미로에 갇혀 버린 줄만 알았는데 미로에서 탈출하는 것뿐만 아니라, 이 세상 그 어떤 과학자도 알 수 없었던 힉스의 존재 사실과 더불어 유필현 박사님의 그 치밀함에 경의를 표했다.

문서 비밀번호도 혹시 모를 유출에 대비해서 편지 내용 중간에 넣었던 것도 유필현 박사님의 치밀한 계산에 의한 것이라 생각되었다.

김사박 부자는 전 세계에서 자신들만이 힉스물질을 갖고 있다는 사실에 너무 흥분하여 만세를 외치고 있었다.

그 메일의 내용을 보고 나서야 왜 김사박이 힉스물질을 격한 감정의 상대에게 발사했을 때 순간적으로 멈칫했는지 이해할 수 있었다. 그것은 힉스물질이 든 상자를 김사박이 음악 감상기기 위에 올려놓았기 때문에 김사박이나 김철학이 음악을 감상할 때마다 힉스물질에 음악의 파동이 이입되었을 수 있으며, 그 파동에 의하여 순간적으로 멈칫했다고 짐작되었다. 그러나 확신할 수는 없었다. 왜 짧은 순간만 반응하게 되었는지에 대한 의문이 아직 남기 때문이었다.

힉스

김철학은 자신만의 생각을 사박에게 말했다.

"사박아, 아빠 생각에는 말이다. 분명히 이 힉스물질에 어떤 파동을 전이시킬 수 있다고 생각한다."

사박이 마치 아빠의 생각을 스캔하듯이 아빠의 얼굴을 천천히 훑어보며 물었다.

"파동을 힉스물질에 전이시킬 수 있다고요?"

"그래, 너의 장난 아닌 짧은 실험이 그것을 보여 주는 단적인 증거라고 생각된다."

"아빠, 너무 비약이 심한 것은 아닐까요?"

김철학은 확신에 찬 표정으로 진지하게 말했다.

"사박아, 유필현 박사님이 힉스물질을 발견하고 자가 증식하는 부분까지 하셨다면, 그 이후 이 힉스물질을 어떻게 유용하게 활용할 수 있는지에 대한 연구가 우리들의 연구 과제라고 생각된다. 너의 생각은 어떠니?"

김사박은 아빠의 그 말씀에 순간적으로 뇌리에 번개가 치는 듯한 쇼크를 먹었다.

두 사람은 서로 말없이 한참을 각자의 생각 속에 머물고 있었다. 그러다가 김사박이 자신 없는 나직한 목소리로 말을 이었다.

"아빠, 우리가, 우리의 능력으로 과연 그것을 해낼 수 있을까요?"

김철학은 아들 사박의 어깨를 토닥이며 말했다.

"아들아, 유필현 박사님, 박사임 샘, 그리고 아빠와 내게 이어지는 인연이고 숙명이라면 짊어지고 가야 되지 않겠니?"

김사박은 자신의 어깨 위에 올려진 아빠의 손을 꼬옥 잡았다. 따스한 전율이 온몸을 통해 전해져 오는 것을 느꼈다.

박사임 선생님의 메일로 힉스의 존재를 확인한 부자는 힉스의 성질을 변화시켜 새로운 존재가치로 만들기로 작정하고 연구에 몰입하였다.

두 부자는 그때부터 입자 물리학에 관한 서적은 물론 식물, 파동, 전자, 인간의 생체리듬, 뇌, 바이러스, 기(氣)에 대한 연구 등 식물학, 파동학, 전자학, 의학, 동양학 등 과학과 연관된 모든 책과 논문들을 섭렵하기 시작했다.

전문적인 지식이 없어서 모든 것을 이해할 수는 없었지만 어떠한 정보들이 그 책들 속에 내포되어 있었는지 정도는 알 수 있게 되었으며, 그러한 정보들을 활용하여 어떻게 힉스물질과 융합시켜 인류에게 이로운 물질로 재탄생시킬 수 있을까에 대한 희망을 갖게 된 것은 분명하였다.

그러한 정보들을 잘 융합하면 충분한 가능성이 있어 보였다. 그것은 무모한 '근자감'이 아니었다. 전문 과학자가 아니고, 평범한 일반인이기에 가질 수 있는 상상이지만, 실현 가능성이 아주 없는 것은 아니었다.

단지 그러한 융합적인 생각은 가능하지만, 그것을 실행할 수 있는 방법에 대해서는 전문가의 도움이 필요할 수 있다는 것을 김사박 부자도 잘 알고 있었다.

두려울 것은 없었다. 지금 이대로 가만히 있거나, 혹은 모든 방법에 실패를 하거나, 어찌 되었든 현재의 힉스물질은 그대로일 뿐, 무엇 하나 손해를 보는 것은 없다고 김사박 부자는 생각하였다.

단지, 자신들의 시간이 허비될 뿐이라고 생각하였다. 그러나 한편으로는 그 시간도 헛된 시간은 아니라고 생각하였다. 인류를 위하여 그 정도 개인의 시간을 허비하였다고 하여도, 본인들 스스로에게는 대단한 자긍심을 주는 일이었기 때문이었다.

그러한 생각을 마음속 깊은 바탕에 깔고 김사박 부자는 실패에 대한 어떠한 두려움도 없이, 성공할 것이라는 확신만을 가진 채 연구하기로

힉스

다짐하였다.

그러나 무작정 연구에 돌입할 수는 없었다. 연구의 방향과 목표를 설정하여 몰입하여야 시간도 단축하고 목표에 대한 확실한 결과도 도출해 낼 수 있다고 생각했다. 그래서 김사박 부자는 연구의 방향과 목표를 설정하기 위하여 각자 자신이 원하는 방향과 목표에 대한 토론을 하기로 결정하였다.

김철학은 뜨거운 커피를 천천히 마시며 자신의 생각을 정리하기 시작했다.

김사박도 자신의 연구 방향과 목표를 간략하게 적어 보았다. 엉망으로 써 놓은 글씨체와 탁자 위에 올려진 힉스물질 상자를 번갈아 보면서 김사박이 물었다.

"아빠, 아빠는 이 힉스물질이 어떤 쪽으로 사용되었으면 좋겠어요?"

김철학이 깊은 생각에 잠겨 있다가 놀란 듯이 커피를 입술에 흘리며 김사박을 바라보았다.

"아니, 이 녀석이 내가 먼저 질문하려고 했는데 지가 먼저 질문을 하네."

"아무나 먼저 질문하면 어때요? 아빠부터 말씀해 보세요."

입술에 흘린 커피를 손으로 스윽 문질러 바지에 문지르면서 김철학이 대답했다.

"아빠는 이 힉스물질이 상당히 가치 있는 물질이라고 생각한다. 어떤 도구적인 개념이 아니라, 상징적인 가치가 더 많이 부여되는 물질이라고 생각하거든."

답답하다는 듯 김사박이 핀잔을 주었다.

"결론만 말하기로 하시죠?"

"……."

김사박은 갑자기 말이 없어진 아빠를 쳐다보았다. 아빠의 다음 말을 궁금하다는 듯이 눈망울을 크게 뜨고 바라보는 김사박을 지그시 바라보던 김철학이 다시 말을 이었다.

"사박아, 이 힉스물질에 대한 우리의 연구 목표를 인류의 평화를 위한 것으로 잡고 싶구나!"

"아니, 아빠! 인류 평화를 위하여 목표를 잡는다고 쳐요. 그 목표를 위하여 우리가 어떤 방식으로 접근할 건데요?"

"그러니까 지금부터 너하고 나하고 연구 목표와 방법에 관해서 토론을 해 보자고 하는 것 아니냐?"

김사박은 잠시 말을 멈추고 생각을 정리하더니 말을 이었다.

"아빠, 이렇게 아빠하고 대화식으로 토론을 하다 보면 끝이 없을 것 같으니까, 각자의 연구 목적과 그 방법론을 A4 한 장에 적어서 교환해 보고, 질문 사항을 질문하고 답하는 방식으로 결론을 유도하는 것이 어떨까요?"

김철학이 미소를 띠며 김사박의 어깨를 가볍게 치면서 말했다.

"역시, 사박이는 과학적인 소양을 타고난 것 같다. 아빠는 대화를 나누면서 서로의 생각과 감정을 공유해 보고자 했건만, 그것은 감정적으로나 시간적으로 소모적인 부분이 너무 많다고 보는구나?"

"그렇죠. 각자의 생각을 정리하고 나서 그 생각을 문서로 교환하고 의문점을 질문하다 보면 결론을 더 쉽게 유출해 낼 수 있지 않을까 해서요."

김철학이 아들 김사박의 말에 매우 흡족한 표정으로

"그래, 너의 말이 맞는 것 같다. 정리된 상대방의 생각을 보면서 자신의 생각도 정리할 수 있는 좋은 방법인 것 같구나. 좋았어. 각자 자신의 생각을 정리해서 우리의 연구 방향을 정해 보자."

두 사람의 연구 방향에 대한 생각을 정리하여 토론한 결과, 앞으로 진행해야할 방향과 연구과제를 명확하게 확립할 수 있었다.

【김철학과 김사박의 연구 목표와 방향에 대한 토론 정리】

김철학 힉스물질을 어떤 목적에 사용하고 싶은가?

김사박 인류의 평화를 위하여 사용되었으면 좋겠다.

김철학 구체적으로 말하라. 너무 광범위하지 않은가?

김사박 전 세계의 테러와 전쟁을 막아 모든 인류가 평화롭게 살게 해 주고 싶다.

김철학 전쟁과 테러를 일으키는 존재들을 찾아서 공격하는 무기처럼 사용하고 싶은가?

김사박 공격 무기처럼 힉스물질을 이용한다면 폭력을 저지하기 위하여 우리도 그 악당들에게 폭력을 행사하는 것 아닌가? 힉스라는 물질을 그렇게 사용하는 것에는 찬성할 수 없다.

김철학 폭력 이야기가 나왔으니까 목표를 포괄적으로 생각하여 이 세상의 모든 폭력을 없애는 데 사용할 수는 없겠는가?

김사박 폭력이라면 학교 폭력도 폭력이고 전쟁과 테러도 폭력이라고 볼 수 있으니까 같은 개념으로 접근하는 것도 무리는 아니라고 생각한다. 세상의 모든 폭력을 없애는 것을 1차 목표로 삼는 것도 좋겠다.

김철학 찬성한다. 우선적으로 세상의 모든 폭력을 예방하는 데 그 목적을 두자.

김사박 세상의 모든 폭력을 막기 위하여 힉스물질을 가장 효과적으로 활용할 수 있는 방법은 무엇인가?

김철학 힉스물질 자체로는 아무것도 할 수 없다. 그러므로 무엇인가 힉스물질과 융합하여 어떤 메시지를 전달하거나, 조종할 수 있는 다른 융합 물질이 필요하다.

김사박 그것을 어떻게 찾을 것인가?

김철학 동양에서의 기(氣)라 불리는 것을 힉스물질에 융합하여 기를 외부에서 조종할 수 있다면 좋겠지만, 그것이 가능한지는 미지수이다.

김사박 왜 동양의 기(氣)라는 것을 힉스와 융합시키려 하는가?

김철학 인간의 운명을 결정하는 것도 태어난 연월일시의 기운과 관계가 있고, 세상의 모든 만물이 태양과 달의 기운에 의하여 그 운명에 많은 영향을 받는다. 또한 자신이 처한 환경의 기에 의한 영향도 받는다고 동양학에서는 말하고 있다. 그런 모든 것을 종합해 볼 때, 힉스물질에 동양의 기를 융합할 수 있다면 인류 평화에 매우 대단한 기여를 할 수 있을 것이라 유추할 수 있다. 그래서 동양의 기를 생각하게 된 것이다.

힉스

김사박 동양학에서의 기(氣)가 서양과학으로 대체되는 것은 무엇인가?

김철학 ……

김철학 그것을 우선적으로 찾아보는 것이 어떤가?

김사박 그것을 찾으면서 또 다른 방법과 방향, 목표를 설정하기로 하자.

김철학 그래, 방법론만 장황하게 여러 가지를 늘어놓다 보면 머릿속이 더 혼란스러울 수도 있다. 그러므로 한 가지씩 결정하자. 그 방법이 느린 것 같아도 더 확실한 방법일 수 있다.

김사박 그럼, 이번 토론은 힉스와 융합할 수 있는 물질을 찾는 것으로 결론을 내릴 수 있는가?

김철학 특히, 동양에서 말하는 기(氣)에 대한 공부를 한 다음에 더 진전된 토론을 이어 가자.

김사박 좋다. 동양의 기와 비슷한 개념을 지닌 것을 서양과학에서 찾아보자.

김철학 찾아보는 것만이 아니라 그것을 어떻게 힉스물질과 융합시킬 수 있을지에 대한 것도 연구하여 각자의 의견을 교환하면서 방법을 모색하는 것은 어떤가?

김사박 Good!

동양의 기(氣)와
서양 과학의 미립자

　김사박은 아빠와의 힉스물질 연구 목표와 방향을 설정하기 위한 토론을 하면서 동양의 기라는 것이 사뭇 궁금해졌다. 어렴풋이 기라는 것이 어떠한 것인지는 알겠지만, 확실하게 기에 대한 개념이 잡히지 않았다.

　그래서 아빠와의 토론을 마치자 마자 기(氣)에 관한 정보를 찾아보았다. 인터넷으로 살펴보던 중, 오래된 신문에 실렸던 기사를 보게 되었다. 그 기사를 읽고, 아빠와 나눈 대화를 정리하여 보았다. 정리를 하면서 김사박은 동서양의 기에 대한 이론이 크게 다르지 않음을 깨닫게 되었다.

　기에 대하여 체계적으로 연구한 연구자들은 서양과학이 인간을 하나의 물질이나 기계로 다뤄 생명의 존엄성을 파괴했다고 보고 있다. 이것은 뉴턴이 정량적으로 분석 가능한 것만을 과학적 대상으로 간주해 분석적인 사고로 우주의 물질적 측면만을 강조하고, 인간과 자연의 정신적인 측면을 무시한 불완전한 물질과학체계라는 주장이다.

　　　　　　　　　　　　　　　　　　　　　　힉스

특히 의학 분야의 기연구자들은 생명체는 물질적인 존재뿐 아니라 미묘한 에너지장으로 구성되어 있는 에너지체라는 주장이다.

기과학자들은 앞으로 새로운 과학적 패러다임을 창출하고 동서과학의 통합과 인간 정신작용의 과학화와 잠재능력을 얼마나 개발할 것인지 기대된다고 하였다.

기와 더불어 미립자에 대한 기사를 살펴보니, 노벨물리학상 수상자 하이젠베르크는 "미립자들은 우주의 모든 정보, 지혜, 힘을 갖고 있는 무한한 가능성의 알갱이들"이라고 불렀다.

미립자들은 거리에 전혀 영향을 받지 않으며, 특히 단 한 번이라도 인연을 맺었던 미립자들은 바로 곁에 있든, 우주 정반대편에 떨어져 있든, 아무 상관없이 빛보다 빠른 속도로 영원히 서로 정보를 주고받는다. 이것은 수많은 과학자들이 다양한 실험을 통하여 입증한 사실이다.

【미립자에 대한 실험】

일본 IHM 종합연구소 소장인 에모토 마사루 박사의 물입자 실험이 진행되었다. 한쪽 유리병에 물을 담아 놓고 '사랑', '감사' 등의 단어를 적어 놓고, 다른 병에는 '증오', '악마' 등의 단어를 써 붙여 놓고 한 달 후 물의 입자를 분석한 것이다. 그 결과, '사랑', '감사' 등의 단어를 적어 놓은 병의 물 결정체는 형체가 아름다운 모형을 나태내고 있었지만, '증오', '악마' 등의 부정적인 단어를 적어 놓은 병의 물 결정체는 형태도 흐리고 기형적으로 일그러진 모형이었다.

이는 러시아 과학자들의 실험에서도 증명되었다. 러시아 과학자들은 어미 토끼를 새끼들과 떼어 놓고 두뇌에 전극을 삽입했다. 그리고 새끼들을 잠수함에 태워 수천 킬로미터 떨어진 북대서양 심해에서 새끼들을 한 마리씩 처형했다. 그 결과, 수천 킬로미터 떨어진 곳에 있던 어미 토끼의 뇌파가 극도의 공포를 느끼는 정도로 크게 치솟았다고 한다.

【풍수지리학에서의 동기감응 이론】

풍수에서 음택 풍수를 보는 관념을 단정적으로 표현한 것으로, 조상과 후손은 같은 혈통관계로 같은 유전인자를 가지고 있기 때문에 서로 감응(感應)을 일으킨다는 이론이다.

동양철학에서 기(氣)는 우주의 본원(本源)으로 어느 곳이든 존재하며, 새로 생기지도 않고, 없어지지도 않으며, 시작도 끝도 없는 것으로 변하지 않는 것이라고 한다.

이 논리를 과학적 사실과 연계하여 보면, 17세기 영국의 물리학자 뉴턴의 에너지 불변의 법칙과 일치한다. 존재하는 모든 사물은 존재를 위한 에너지(기:氣)를 가지고 있으며, 이 에너지는 고유의 파장을 가지고 같은 파장과 반응하려는 특성이 있다.

김사박은 동양학에서 말하는 기(氣)와 서양 과학에서 말하는 미립자는 두 가지가 다른 것 같지만, 한 가지일 수도 있을 것이란 추측을 해보았다.

언젠가 아빠가 공부하시던 동양학에 관련된 책 중에서 기(氣)와 관련된 부분을 찾게 되었다.

사람도 만물 중의 하나로, 사람 역시 기로 이루어졌으며, 우리 몸에는

힉스

혈기, 진기, 원기, 위기, 영기 등의 용어도 인체의 상태나 개념을 표현하는 데 사용되어 왔다고 기술되어 있었다.

또한 하늘은 빈 것처럼 보여 허공이라 부르나, 이런 공간도 실은 기로 가득 차 있다는 뜻에서 공기라고 부르고, 만물 가운데 공기가 가장 커서 대기(大氣)라고 한다고 했다. 이런 기는 어느 공간이라도 상존하며 없는 곳이 없다고 했다.

또한 감기(感氣)는 말 그대로 기를 느꼈다는 뜻으로, 주변의 변화에 의해 갑자기 몸 밖의 다른 기를 느끼는 것이라고 했다. 더울 때는 열기를 느끼고, 추울 때는 한기를 느끼기도 하는 이런 것은 나를 둘러싼 주변 공기와의 접촉에 국한된 것은 아니며, 나와 타인, 사물과의 관계에서도 그 느낌이 존재하여서 생기나 살기를 느낀다고 하였다.

이러한 기를 미립자로 대치하여 생각해 보면, 매우 흡사한 상황으로 연결되었다. 특히 우리 몸과 주변의 기를 언급하는 부분에서는 우리 몸을 구성하는 미립자와 주변의 미립자를 대변하여 기라고 불러도 크게 다르지 않다는 것을 깨달았다.

그런 상황을 이미지화하여 그려 보면서 예전에 아빠가 말씀하셨던, 땅의 기운, 물의 성질이 달라지는 이유 등도 자연스럽게 이해되었다. 그렇게 기에 대한 부분을 현대 과학의 일부로 대체하여 이해하자, 힉스물질과 감정파동에 대한 연구의 윤곽이 더욱 뚜렷하게 나타나 보이는 것 같았다.

김사박 부자의 힉스물질에 대한
연구 방법 정리

그들의 연구 방법을 정리하여 보자면, 다음과 같다.

【김사박과 김철학의 힉스에 관한 연구 노트】

힉스 성질에 대한 가정

양성자에 보존된 힉스물질은 그 자체를 조종할 수는 없지만 양성자는 전하를 가지고 있으므로 전기장과 자기장으로 조종할 수 있다. 그러므로 양성자를 매개체로 하여 힉스에 입력된 성질을 효과적으로 조종할 수 있다고 가정할 수 있다.

[반론1] 그럼 처음부터 양성자에 성질을 입혀 전이하는 과정을 사용하지, 왜 바로 붕괴되는 힉스물질을 고집하는가?

답: 힉스물질의 특성은 다른 표준모형에 질량을 제공하는 특성을 가지고 있으므로 모든 물질에 힉스라는 고유물질의 질량이 제공될 때, 그 성질이 그 물질들에 융합되는 것

힉스

을 이용하기 위한 것이다. 양성자는 그 자체가 다른 표준
모형에 융합될 수 없지 않는가? 다른 물질과 모두 관계
할 수 있는 힉스물질이어야만 하는 이유가 여기에 있다.
또 다른 이유는 극비 사항이지만, 힉스로 투입되어야 최
악의 경우에는 투입된 힉스물질에 의하여 그 물체 전체
의 질량을 빼앗아 버려 그 물체가 우주공간에 형체도 없
이 사라지게 만들 수 있다고 가정하기 때문이다.

[반론2] 왜 힉스물질을 인간의 뇌에 투입해야 하는가(직접 감정파
   동을 인간의 뇌에 전파하면 안 되는가)? 인간의 본능적 감정
   에 바로 감정파동을 보내어 인간의 감정을 조절할 수 있
   지 않는가?
  답: 멘델의 유전법칙에 따라 우성과 열성의 유전적 성질이 다
   른 개체들이 나타나고, 살아가는 동안에 청력을 잃거나,
   뇌의 중요 부위에 부상을 입어 장애를 갖게 된 다른 성질
   의 개체들이 일반적 개체들과 같은 파동을 같은 감정으로
   받아들인다는 것을 증명할 수 없다.
   또한 인간이 성장해 온 환경, 지역에 따른 정서적 감정,
   생태적 특성에 따라 본능적 감성이 느끼는 감정은 조금씩
   다를 수 있다는 전제하에 모든 인류가 공통적으로 감정파
   동을 동시에 수신하고 동시에 같은 감정을 느낄 수 있는
   표준 수신기가 필요하다. '힉스'라는 수신기를 통하여 인
   체 등 개체에 존재하는 미립자에게 정확한 정보를 전이시
   킬 수 있다고 생각하기 때문이다. 그렇게 함으로써 미립

자들은 전달 받은 정보에 따라 활성화되고, 인체 등 힉스 물질이 전이된 개체에 영향을 끼칠 것이라고 가정하기 때문이다. 그래서 힉스물질이라는 공통의 수신기를 투입하여 강력하고 확실한 방법으로 전파하기 위함이다.

[반론3] 현대인의 생리적 감각처럼 빠르고 쉽게 해결하려 하지 않고, 어렵고 결과가 확실치 않은 방법을 선택하는가?

답: 구글이나 페이스북에서는 인터넷망을 구축할 수 없는 지역에 열기구를 띄우거나 드론을 이용하여, 인터넷 중계 기지국 역할을 할 수 있게 하려고 연구하고 있다. 그와 마찬가지로 파동의 전달 속도와 거리는 한정되어 있고, 그것을 극복하기 위해서는 인간의 두뇌에 심어진 힉스물질이 인간 각 개체를 각각의 중간 기지국 역할과 동시에 같은 속도와 계속된 전달 매개체로서의 능력을 가질 수 있는 것이다.

물론 [반론3]처럼 쉽게 해결할 수도 있다. 그러나 열기구, 드론 같은 중간 매개체를 이용한다는 것은 항시 위험요소를 안고 있다고 봐야 한다. 그 중간매개체를 오염 또는 훼손시킬 수 있는 외부 세력이 나타날 수도 있고, 기상이변 또는 외부 세력의 간섭 등으로 그 중간 매개체로부터 왜곡된 정보가 전달될 수 있는 위험성도 도사리고 있는 것이다. 그러므로 지금 당장은 어렵고 힘들더라도 가장 확실한 방법을 찾아서 연구하는 것이 모든 위험요소를 배제할 수 있다는 결론을 얻을 수 있다.

[반론4] 실험자인 우리도 힉스물질이 전이되고, 감정파동도 전달
되다면 그것은 위험한 상황이 아닌가?

답: 그럴 수 있다. 그러나 우리가 전달하고자 하는 감정파
동은 좋은 감정만 전달하여 폭력적 성향을 없애고자 하
는 데 목적이 있는 것 아닌가. 그렇다면 우리가 좋은 감
정파동에 노출된다고 하여도 문제 될 것이 없지 않은가?

[반론5] 물론 그럴 수도 있지만, 만에 하나 우리 실험자가 실수라
도 하여서 나쁜 감정파동을 전달하게 된다면 우리 실험
자도 나쁜 감정파동에 전이되어 세상을 더욱 폭력적으로
만들 수도 있지 않은가?

답: 그럴 수도 있다. 그렇다면 우리 실험자는 힉스물질을 전
이 받아도 감정파동을 반사하는 피복체 또는 감정을 중화
할 수 있는 간단한 기구를 만들어 보자.

[반론6] 만약에 [반론5]의 답처럼 할 수 있다면 악당들도 그렇게
할 수 있는 것 아닌가?

답: 너와 나 둘만, 이 세상에서 힉스물질을 전이시키고 감정
파동을 전파하는 것을 알고 있을 뿐, 그 누구도 알지 못
하기에 [반론5]의 답처럼 대비할 수는 없다. 너와 나 둘
중의 한 사람이 배신을 하지 않는 이상…….

[반론7] 힉스물질이 인간, 동물, 식물, 바이러스, 광물, 기타의
모든 것에 같은 성질의 힉스물질이 전이된다면 나중에

문제가 생길 수 있는 것 아닌가?

답: 같은 성질의 힉스물질에 각각의 개체들이 인지할 수 있는 영역이 다른 파동을 전파하면 된다고 가정하자.

[반론8] 같은 성질의 힉스물질에 다른 파동을 전파한다면, 차후에 과학의 발달로 동물과 인간, 식물과 인간이 같이 교감할 수 있는 파동이 개발되어 인간과 동물이 대화 없이도 교감할 수 있는 세상이 도래할 수도 있다고 가정할 수 있지 않은가? 그 때의 혼란은 어떻게 할 것인가?

답: 그렇다면, 각 개체에 맞는 힉스물질을 별도로 개발하여야 한다. 각 개체별 공통된 인자를 추출하여 각 개체의 성질에 맞는 힉스물질을 투입하되, 그 개체의 성질에 맞지 않는 다른 개체의 성질을 가진 힉스물질이 전이되면 스스로 파괴되는 성질을 갖게 하는 연구도 더불어 진행하여야 한다.

[반론9] 그렇게 각 개체에 맞는 성질의 힉스물질을 개발한다 해도 각 개체가 인지할 수 있는 파동의 한계가 각기 다르고, 각 개체가 희로애락을 느끼는 파동이 다를 수 있다. 그렇다면 각 개체에 맞는 희로애락의 파동을 각기 별도로 개발하여야 하는 것 아닌가?

답: 그렇다. 현재의 과학보다 미래에는 과학이 더욱 발전할 수 있다는 것을 가정하여 철저하게 대비하여야 한다.

힉스

[반론10] 그런데 어떻게 각 개체의 가장 중요한 부분에 힉스물질을 삽입할 것인가?

답: 그것은 각 개체들에서 가장 강력하게 파동을 분출하는 부분이 있다고 가정한다면 답은 간단하다고 본다. 인간을 예로 들자면, 인간에게서 가장 강력하고 복잡한 파동은 뇌에서 분출된다고 가정할 수 있다. 그렇다면 힉스물질을 강력하고 복잡한 파동 분출부분에 안착하도록 세팅해 놓는다면, 어떤 인간이든 인간의 뇌에 안착할 수 있다고 본다. 그와 마찬가지로 식물, 광물, 기타의 물질에서도 가장 핵심적이며 그 개체 자체에서 가장 강력한 파동에너지를 분출하는 곳이 있다고 가정한다면, 인간에게 힉스물질을 전파하는 것과 같다고 볼 수 있다.

이와 같이 각 개체의 가장 중요한 부분에 힉스물질을 자동 삽입하게 하는 문제는 해결할 수 있다고 본다.

[반론11] 그 모든 것을 실행할 수 있는 시간이 있는가?

답: 그러니까 단계별로 성공을 시켜 나가야 한다. 한 번에 모든 연구를 완성할 수도 없겠지만, 또 반론에 제기된 모든 연구를 성공할 수도 없는 것이다. 그러므로 어느 시점에서는―위험 상황이라고 볼 수 있는 상황에서는― 전이된 모든 힉스물질만 스스로 파괴될 수 있는 파동도 함께 연구되어야 한다.

만약의 경우를 대비하여 힉스물질이 모든 만물에게 전

이되지 않았던 원래의 그 모습 그대로 유지하기 위하여……

　김사박 부자는 이렇게 엉뚱하기도 한 자기들만의 자문자답식 연구 철학을 가지고 연구에 몰입하였다. 그들은 과학자가 아닌 입장에서 과학자의 시각으로는 전혀 이해할 수 없는 연구를 시작한 것이었다. 그것은 그들이 어떤 특정 분야의 전문과학자가 아니었기에 실험에 도전하는 일이 가능하다고 생각되었다.

　우선 감정파동을 찾기 위한 실험을 하기 위하여 김사박 부자는 파동의 종류와 파동의 성질에 대하여 알 필요성을 느꼈다. 그래서 그들 부자는 파동학에 대한 연구부터 하게 되었다.
　김사박은 미국에 있는 박사임 선생님과 이메일을 주고받으면서 파동 이론에 대한 도움을 받았다. 박사임은 김사박에게 파동에 대한 세계의 연구 논문 등을 번역하여 수시로 이메일로 보내었다.
　그들 김사박 부자가 정리한 파동에 대한 정리를 보면, 다음과 같다.

　【파동에 대한 정리】
　현대 과학 기술의 기초가 된 '양자론(양자역학)'에 따르면, 전자 등의 소립자에도 파동의 성질이 있다고 한다. 소립자는 모든 물질의 근원이므로 '자연계의 근원에는 파동이 숨어 있다.'고 해도 무방할 것이라는 견해다.

　빛과 소리도 파동이다. 우리의 시각과 청각은 모두 파동을 받

힉스

아들이면서 성립된다. 빛과 소리라는 파동이 없으면 우리는 '외부 세계'를 거의 인식할 수 없다.

동양에서 말하는 '동기감응' 또는 '기(氣)'에 대한 것을 파동과 같은 존재로 이해하고 가정한다면 동서양 과학의 융합이 가능할 것으로 보인다.

씨줄과 날줄 같은 파동의 종파와 횡파, 음파와 전자기파의 융합적 파동이 필요하다고 본다. 또한 이러한 파동의 다양한 성질을 응용하여 실험을 진행하여야 하며, 그 다양한 성질 중 반사, 굴절, 투과, 회절, 간섭, 공명, 도플러 효과 등에 대하여 상호 간의 연계 및 상관관계를 실험해 보아야 한다.

또한 풍수지리학적 측면에서의 풍수적 기와 피라미드의 현상 등 다양한 부분에서의 융합적 연계도 충분히 고려하여야 한다.

【감정파동의 추출과 힉스물질과의 융합과정 실험 구상】

(1) 감정파동의 추출 방법 구상
　1) 세상의 가장 기본이 되는 음양오행에서부터 희·로·애·락의 4가지로 단순화시켜 감정파동 추출하기
　2) 음양에 기초하여 빛과 어두움에 나타나는 파동에너지에서 희로애락 감정파동 추출하기
　3) 색채에 의하여 인간의 심리에 변화가 일어날 수 있다는

것에 기초하여 색채 파장에너지에서 희로애락의 감정파
동 추출하기

4) 음악, 소리 등에 의하여 인간의 감정이 순화되고, 놀라
고, 공포에 질리는 것 등에 기초하여 음악, 소리 등에서
희로애락의 감정파동 추출하기

5) 아로마 향기에 의한 정신 감정의 순화 등에 기초하여 향
기, 냄새에서 희로애락의 감정파동 추출하기

6) 삼림욕, 바다, 기타 자연에서 인간이 건강과 평온을 찾
는 것에 기초하여 자연 발생적 파동에서 희로애락의 감
정파동 추출하기

7) 운석, 광물질, 기타 물질 자체에서 발생되는 파동에 의하
여 건강을 찾기도 하고 잃기도 하는 것에 기초하여 희로
애락의 감정파동 추출하기

8) 위의 모든 파동 실험을 통하여 가장 강력한 감정파동을 추
출하거나 2가지 이상의 같은 감정파동의 파동을 융합하
여 강력한 새로운 파동 실험까지 해 볼 것

(2) 힉스물질과 추출한 감정파동과의 융합과정 실험 구상

1) 힉스물질을 4등분하여 각기 보관처리

4개의 용기에 나누어 보관처리(이유는 파동 처리에 의하여 각기
다른 용기에 감정파동의 대표적 성격을 단순 표현한 희노애락의 성질
을 입히기 위하여)

2) 식물을 통한 파동 실험

희로애락의 4가지 파동에 대한 실험을 여러 가지 파동을 주

입하여 그 파동의 종류에 따른 식물의 성장, 쇠약, 기타의 현상들을 관찰함으로써 희로애락의 파동임을 밝혀내고 그 증거를 검류계 등을 통하여 자료화한다.

　① 우선 식물에 음악, 공포, 나쁜 말, 슬픔, 즐거움 등의 자극에 대한 검류계 반응을 그래프화 한다.

　② 힉스에 파동을 주입한 희로애락의 파동을 식물에 투입시켜 그 반응을 살핀다.

　③ ①의 자극에 대한 반응과 ②의 반응이 일치하는 것을 응용하여 희로애락의 파동을 알아낸다(여기서 희-좋아하고, 로-거부, 애-공포심, 락-통증/치유 등으로 성질을 부과할 수 있다).

3) 4개로 분류된 힉스물질에 각기 희로애락의 파동을 보내어 그 파동에 동화되게 만든다(추정).

4) 그렇게 만들어진 4개의 힉스물질을 다시 합친다.

5) 합쳐진 힉스물질에는 희로애락의 4개의 성질을 가진 힉스물질들이 혼합되어 있다.

　① 그것을 유필현 박사님의 논문에 기록된 힉스물질 자가 증식 방법인 매미의 자가 확성 방법을 응용하여 자가 증식 작용을 하도록 유도한다.

　② 자가 증식된 것은 다시 자가 증식하여 자신을 2개체로 분화하여, 2개체로 분화된 것 중 새로 분화된 것은 다른 생명체—힉스물질이 안착하지 않은— 또는 생물체에 착화하는 성질을 이용하여 힉스물질 개체를 늘려 나간다.

6) 인간 본연의 에너지인 '오르곤'을 통해 개별 인체에 힉스 물질을 인간의 뇌에 투입한다. 뇌의 특정 부위에 힉스물 질이 안착하는 것보다는 뇌의 어느 부분에 있다 하여도 그 작용은 같다는 가정 하에 실험을 진행한다.

7) 투입된 힉스물질이 희로애락의 파동에 의하여 제대로 역 할을 하는지에 대한 실험 결과를 확인한다.

힉스

세계의 테러 단체와 폭력조직

　각국의 언론들은 지구촌 곳곳에서 국지적으로 발생하는 소규모 테러들이 과거의 형태와는 다른 성격의 테러들이라고 규정짓고 있다. 왜냐하면 지금까지의 테러는 어떤 사건, 정책, 정치적인 이유 등으로 행해져 왔다. 그러나 오늘날의 테러리즘은 목표 설정에 있어서 특정한 정치적 인물, 집단만을 제한적으로 노리는 것이 아닌 불특정 다수에 대한 무차별적인 공격을 가한다는 것이다.

　명분 없는 테러들이 빈번하게 발생하고 있으며, 그 이면에 각국에 존재하고 있는 갱단 또는 폭력조직과 연계된 것으로 보인다고 전하고 있다.

　그런 것을 뒷받침하는 각국의 정보국 간부들의 일련의 회의가 미국에서 비밀리에 있었다고 전해진다.

　미국 CIA, 이스라엘 모사드, 영국 M15/M16, 일본 내각정보조사실, 러시아의 정보기관, 중국 국가안전부 등의 정보기관 수

장들이 모였다고 한다.

현재 전 세계적으로 발생하고 있는 테러의 형태가 전 세계적인 테러 조직과 각국의 폭력조직과 연계되어 발생되는 것으로 판단한 각국의 정보 분석가들이 한자리에 모여서 회의를 한 것으로 보인다.

그 회의에서 내린 결론은 악명 높은 테러 집단이 조직의 세력 확장을 위하여 자금이 필요한 신흥 조폭 집단과 연계하여 지식인의 납치, 국가 요인 암살, 국지적 테러 등으로 변화된 테러행위를 하기 시작했다는 것이다.

뉴스를 접한 김사박 부자는 힉스가 그런 테러행위를 근절하는 수단으로 사용되었으면 하는 소망을 가져 보았다.

봉달과의 우정

황금 덩어리들이 주렁주렁 달린 나무들 사이로 봉달과 사박이 보였다.

봉달과 사박은 그 황금 덩어리들을 바구니에 담고 있었다. 이마에 흐르는 땀을 닦던 봉달이 사박을 바라보았다.

"사박아, 어때? 이렇게 야외로 나와서 신선한 공기를 마시니까 한결 머릿속이 산뜻해지는 것 같지 않냐?"

사박이도 황금덩어리를 바구니에 담고 허리를 펴면서 말했다.

"말이라고……. 무릉도원이 아니라 무릉이원에 와 있는 것 같은데? 친구와 결의를 하기 위해서 말이야. 하하!"

봉달이도 덩달아 껄껄대고 웃으며 대꾸했다.

"너와 나의 도원결의. 아, 배나무 과수원이니까 이원결의를 하러 왔단 말이지?"

"그럼, 그럼. 너와는 산부인과 출산 동기에 유치원 동기, 초등학교 동기, 중학교, 고등학교까지 동기인 특별한 인연이니까!"

봉달이 무척 기분 좋은 듯 음성 톤이 고조되면서 말했다

"맞아. 하여간 사박이 너하고는 무언가 잘 안 맞는 것 같으면서도 인

연 하나는 특별하면서도 질기다니깐!"

"잘 안 맞는 것은 무언데?"

김사박이 잘 모르겠다는 듯 빈정대며 물었다.

"야, 우선 키에서부터 다르잖아?"

봉달이가 손으로 자신의 머리와 봉달이의 머리 높이를 비교하며 말했다.

김사박도 손으로 두 사람의 머리 높이를 비교하는 시늉을 하면서,

"야, 너는 160이고 나는 168이면 둘 다 170 안 되기는 마찬가지 아니냐?"

라고 말했다. 김사박의 그 말에 봉달이 순간적으로 얼굴에 미소를 띠는가 싶더니, 금방 시무룩한 표정을 지었다.

"그래, 그렇게 말해 주니까 고맙긴 한데……. 하여간 키뿐이 아니고, 모든 면에서 너보다 내가 못하는 게 더 많지."

스스로 열등감에 젖어드는 봉달이를 바라보며, 김사박은 그런 봉달이를 위로하고 격려해 주고 싶은데 도대체 어떤 태도를 취해야 할지 몰랐다. 봉달이의 등을 가볍게 손바닥으로 치면서 말했다.

"그래도 10년이 넘는 우정을 쌓은 친구인데 그렇게 말하면 내가 더 섭섭한데?"

봉달이는 김사박의 그 말에 놀란 듯 눈을 크게 뜨고 물었다.

"네가 왜 섭섭하냐?"

그러자 김사박이 화난 표정으로,

"그렇게 말하면 너는 나를 진정한 친구라고 여기지 않는다는 거잖아?"

하고 대답했다. 갑작스런 김사박의 말에 봉달이 조금은 미안한 표정으로,

힉스

"아니, 나는 그저 그렇다는 것이지, 너를 진정한 친구가 아니라고 말한 것은 아닌데…….."

라며 어찌할 바를 몰라 했다. 김사박이 얼굴에 미소를 지으며,

"야, 봉달아! 그냥 해 본 말이야. 그리고 너도 다시는 그런 말을 하지 마라. 너와 나는 아마도 죽을 때까지 아니, 죽어서도 친구의 인연으로 살아갈 운명이야, 인마!"

김사박의 그 말에 봉달이도 얼굴에 미소를 띠며 말했다.

"미안해, 괜한 말을 해 가지고 말이야."

"괜찮아."

"좋아. 그럼 오늘 말 나온 김에 여기서 황금 결의를 하는 거야, 어때?"

봉달이와 사박이 황금 꿀배를 하나씩 들고 서로 팔을 걸고 껍질도 벗기지 않은 배를 상대방의 입에 물려 주고 있었다. 둘이는 그 황금 꿀배를 껍질째 맛나게 씹어 먹었다.

그리곤 황금덩어리들이 나무에서 떨어져라 큰소리로 웃었다.

그 황금배의 껍질을 앞니로 벗겨 내면서 두 사람은 게걸스럽게 우정을 나눠 먹었다.

배 밭 옆에 놓인 평상에 누워 둘이는 가을 하늘을 바라보았다.

새파란 가을 하늘 속으로 금방이라도 빨려들어 갈 것 같은 기분이었다.

둘이는 그렇게 한동안 짙푸른 하늘 속을 헤집고 다녔다.

사박이가 옆에 누운 봉달이의 손을 슬며시 잡고 말을 건넸다.

"봉달아, 요즘도 일진아이들이 괴롭히냐?"

"……."

봉달이는 사박이의 질문에 아무런 대답 없이 눈이 시리도록 파란 하늘만 멍하니 바라보고 있었다. 그리고 조용히 말을 꺼냈다.

"사박아, 나는 학교를 그만 다니고 싶어!"

사박이 누웠던 몸을 벌떡 일으키며 놀란 표정으로 물었다.

"왜?"

봉달이도 천천히 몸을 일으켰다.

"그놈들 때문에 학교 다니기가 겁나! 지금까지 내가 괴롭힘 당한 것을 꼭 갚아 주고 싶어. 아주 작은 물체를 발명하여 그들에게 공격하라고 하여 마음껏 속 시원하게 혼내 주는 공상을 매일같이 하고 있단다. 그 작은 발명체로 영화 속의 슈퍼맨처럼 세상의 모든 악당들을 혼내 주고 정의로운 사회, 행복한 사회를 만드는 공상으로 이어지기도 해."

봉달의 그 말에 사박이 반색을 하며,

"봉달아, 조금만 기다려. 내가 학교 일진뿐만 아니라 폭력을 행사하는 모든 자들을 응징할 수 있게 해 줄게."

하고 결의에 찬 표정으로 말했다. 사박이의 그 말에 봉달이는 반신반의하는 표정으로 고개를 돌려 사박이를 바라보았다.

"정말이냐? 지금 네가 한 말이 이루어질 수 있어?"

사박이는 자신이 있다는 표정으로 말을 이었다.

"응, 너 박사임 샘 알지?"

"알지."

"그, 샘이 물리학 박사라는 것도 알지?"

"그거야, 그 샘이 우리 학교에 전근 오셨을 때 벌써 소문이 났던 사실이잖아."

사박은 잠시 말을 끊고 배 밭 아래로 펼쳐진 황금 들판을 바라보았다.

힉스

한동안 말이 없던 사박이 봉달이를 보면서 말했다.

"봉달아, 지금부터 내가 하는 말은 그 누구에게도 하면 안 되는 극비 사항이야. 절대 누구에게도 말하지 않겠다고 약속해라."

봉달이 갑자기 정색하며 말하는 사박이의 태도에 움찔하였다.

"어떻게 약속하라고?"

"아니, 뭐……."

"각서라도 쓸까?"

김사박은 각서라는 말에 정색을 했다.

"야, 너와 나 사이에 각서라니! 내가 널 믿지만 염려되기도 하고, 아주 중요한 일이라 그런 거야. 기분 나쁘게 생각하지는 말고……."

봉달이 궁금한 듯 얼굴을 바짝 들이밀고 물었다.

"야, 그게 뭔데? 그렇게 중요한 것을 나에게 말해 준다는 거야?"

김사박이 한참을 뜸들인 후에 조심스럽게 입을 뗐다.

"봉달아, 잘 듣기만 하고 네 기억에서 완전히 잊어버려야 한다."

봉달이 알았다고 고개를 끄덕였다.

김사박이 심각한 표정으로 봉달을 바라보았다.

"그 박사임 샘이 나에게 당신의 스승이신 유필현 박사님이 발견하고 개발하신 힉스물질을 나에게 주었는데, 우리 아빠와 내가 그것에 대한 연구를 진행 중이야."

봉달이 호기심 어린 눈으로 물었다.

"그 연구로 정말 폭력 없는 세상을 만들 수 있다고?"

"몸을 쓰는 폭력뿐 아니라, 세계적인 군비 경쟁인 국가 간 폭력, 테러 행위 같은 폭력 등 이 세상의 모든 폭력을 응징할 수 있는 연구를 진행 중이야."

봉달이가 믿기지 않는다는 듯 고개를 갸웃거리며 물었다.

"진짜로 너희 아빠와 그렇게 거대한 연구를 하고 있다고?"

봉달이 못 믿겠다는 표정을 짓자, 약간 흥미를 잃은 김사박은 농담처럼 말했다.

"응, 그래. 그렇게 거대한 프로젝트는 아니야. 뻥이 좀 심했지? 하지만 언젠가 실험 연구 결과가 나오면 그때 다시 너에게 말해 줄게."

봉달이도 농담처럼 말했다.

"그래. 뻥만 치지 말고, 결과를 가지고 와서 얘기하란 말이야, 인마. 그래야 내가 흥미를 가지고 덤벼들지. 안 그래?"

그때 과수원 아랫집 근처에서 부르는 소리가 들려왔다.

"봉달아, 애썼다. 어서 와서 밥 먹어라."

배 과수원 아래쪽에서 봉달이 외숙모께서 저녁을 먹으라고 소리치고 있었다.

두 사람은 걸터앉았던 평상에서 벌떡 일어섰다.

"예, 갑니다."

봉달이의 대답 소리에 봉달이 외숙모님은 뒤도 안 돌아보고 집안으로 사라졌다.

봉달이와 사박이는 어깨동무를 하고, 비탈진 과수원을 앞으로 고꾸라질 듯이 힘차게 달려 내려갔다.

힉스

물리 샘의 도움과
힉스 감정파동 실험(식물 실험)

김사박 부자는 미국에서 살고 있는 물리 샘으로부터 메일로 과학 전문 분야의 박사와 논문 등의 지식을 소개받으며 힉스물질과 관련된 연구에 매진하였다. 물리 샘이 소개해 준 관련 분야 대학 교수님도 찾아가고, 기업체에서 연구를 하고 있는 연구원도 찾아가서 알고 싶은 정보들에 대하여 듣고, 자료도 얻어 왔다.

그리고 물리 샘이 연구와 관련된 논문들을 찾아서 힉스 개발에 필요할 수 있는 모든 정보를 그때그때 일목요연하게 요약 정리하여 보내 준 자료들은, 시간도 절약하면서 시행착오도 줄일 수 있는 일석이조의 자료였다.

만약 물리 샘이 없었다면 이번 연구는 계속 진행되지 못하고 중간에서 포기하고 말았을 것이라고 김사박 부자는 생각하였다. 그만큼 물리 샘의 전폭적인 지원은 과학적인 전문지식이 없었던 김사박 부자를 더욱 연구에 매진하게 하는 기폭제인 동시에 막강한 힘이 되어 주었다.

특히, 박사임 물리 샘 덕분에 실험에서 결과를 확인할 수 있는 검증 기구, 기타 실험 기자재 등을 고민하지 않고 손쉽게 구하고, 사용할 수 있었다.

박사임 샘의 보이지 않는 곳에서의 노력 덕분에 드디어 힉스 실험에 돌입하게 되었다.

힉스 실험 계획 중 두 번째 실험인 식물을 통한 파동 실험을 실행하였다. 김사박 부자의 실험 계획은 박사임 샘과 협의하여 작성되었다.

우선 희로애락의 4가지 파동에 대한 실험을 실행하였다. 이를 위해 여러 가지 파동을 주입하여 그 파동의 종류에 따른 식물의 성장, 쇠약, 기타의 현상들을 관찰함으로써 희로애락의 감정파동임을 밝혀내고, 그 증거를 검류계(Galvanometer)* 등을 통하여 자료화한다.

⑴ 우선 식물에 음악, 공포, 나쁜 말, 슬픔, 즐거움 등의 자극에 대한 검류계 반응을 그래프화 한다.
⑵ 힉스에 파동을 주입한 희로애락의 감정파동을 식물에 투입시켜 그 반응을 살핀다.
⑶ ⑴의 자극에 대한 반응과 ⑵의 반응이 일치하는 것을 응용하여 희로애락의 감정파동을 알아낸다.

이 모든 것은 『식물의 정신세계』라는 책에서 각종 실험 통하여 증명하여 기술한 내용을 참조하여, 식물도 감정을 느낀다는 가정하에 실험 계획서를 작성한 것이었다.

힉스

식물 임상 실험의 성공

[힉스 감정파동 전파에 의한 식물의 성장 상태 변화]

전파 감응 장치에 의한 파동 전이를 확인하고 실제 상태 변화 확인으로 검증한 개체에 힉스 감정파동을 전파한 후, 다른 개체들을 옮겨 와서 힉스 감정파동의 전이가 이루어졌는지 다른 개체들도 감정파동에 의한 변화가 일어나는지에 대한 실험 검증

희 – 작지만 생생하고 윤기가 흐르는 잎과 힘찬 줄기
로 – 차츰 시들어 가는 상태 지속
애 – 부분적 잎의 마름
락 – 가장 싱싱하고 활력이 넘치는 상태 지속

인간의 감정을 대변하는 희로애락으로 식물의 상태 변화를 실험한 결과값이 인간의 감정과 매우 흡사한 것에 대하여 김사박 부자는 어떤 경이로움을 느꼈다.

---

*검류계(Galvanometer) : 약한 전류가 흐르는 전선을 사람에게 갖다 댔을 때 그 사람의 심리 상태나 감정에 따라 바늘이 움직이거나, 종이 위에 그래프로 도표를 그려 내는 거짓말 탐지기의 일종.

봉달이의 자살 미수 사건

　박대강이 싸움을 한 것인지, 아니면 누구에게 얻어맞은 것인지는 모르지만 눈가에 커다랗게 동그란 퍼런 멍이 들어 있었다. 그리고 입술도 퉁퉁 부어 있었다.

　그런 몰골의 박대강이 무서운 얼굴로 자신의 패거리들을 주먹으로 얼굴을 때리고 있었다. 그리고는 집합시킨 아이들에게 다가왔다.

　"내가 왜 너희들을 여기에 모이게 한 줄 알고들 있지?"

　"……."

　그러나 아무도 대답이 없었다.

　"야, 이 ×××들아! 네가 너희들 때문에 조폭 형님들에게 얻어터져야 돼?"

　박대강은 분통이 터져서 더 이상은 못 참겠다는 듯, 옆에 서 있던 일진들을 마구 때리고 발로 찼다.

　"어떤 새끼가 지난주에 거짓 정보를 적었어? 그리고 성의 없이 아무거나 적어 와? 이 새끼들 정말 혼나 봐야겠구먼."

　그리고 그 일진들에게 뭐라고 지시를 했다.

　　　　　　　　　　　　　　　　　　　　　　　　힉스

일진들은 집합한 아이들에게 그대로 박대강에게 당한 분풀이를 하였다. 그리고 아이들의 웃통을 모두 벗게 하고는 팔과 가슴을 담뱃불로 지지고, 칼로 위협하였다.

그 자리에 모인 모든 아이들은 공포에 떨었다. 어떤 아이들은 심한 공포감에 바지에 오줌을 지리는 아이들도 있었다. 그런 모습을 팔짱을 끼고 지켜보던 박대강이 말했다.

"내가 다시 한 번 말하겠다. 지금 있었던 상황을 부모나 선생에게 알려지는 순간 너희들은 죽은 목숨이다. 알았냐?"

"……."

대답이 없자, 박대강은 화를 벌컥 내었다.

"야, 이 ××들아! 대답 안 해?"

"네~!"

그때 박대강의 왼쪽에 서 있던 일진 중 한 명이 봉달이의 얼굴에 침을 뱉었다. 이에 봉달이가 얼굴에 묻은 침을 닦으려고 하자, 침을 뱉은 놈이 소리를 질렀다.

"야, 손대면 넌 죽는다. 얼굴에 인상 펴고 그대로 있어!"

모든 아이들이 그 상황을 지켜보고 있었다. 얼굴에 침이 묻은 봉달이는 잔뜩 겁먹은 얼굴로, 침이 콧잔등을 타고 흘러내리는데도 가만히 있었다. 그 침이 입 가까이까지 흘러내렸다.

침 뱉은 놈이 또다시 소리를 질렀다.

"야, 그 침 혀로 핥아 먹어! 그 침 떨어지면 오늘 너는 여기서 송장 치르는 줄 알아라."

봉달이는 잔뜩 겁먹은 표정으로 어쩔 줄 몰라서 덜덜 떨기만 하였다.

모든 아이들이 자신들의 일인 것처럼 애처로워하고 있었다.

"빨리 안 먹어?"

주먹으로 침 묻은 얼굴을 치려고 하자, 봉달이는 할 수 없이 그 침을 울면서 먹기 시작했다. 그곳에 모인 모든 아이들의 인상이 찡그려지기 시작했다.

그때 박대강이 아이들이 적어서 낸 A4용지를 흔들면서 말했다.

"오늘 적어서 낸 연락처와 정보가 저번에처럼 또 거짓이 있으면, 어떻게 되는지 알지? 내 얼굴 보이냐? 이 ×××들아!"

박대강이 엉망진창으로 깨지고 멍든 얼굴을 모인 아이들에게 들이밀며 악쓰고 있었다.

"이번에 거짓 정보가 하나도 없지? 만약 있다면 그땐 너희들 모두 어떻게 될 것인지 알지?"

박대강이 모인 아이들에게 공포분위기를 조성하고는 부하 일진들에게 눈짓을 했다.

그러자 인상이 험악하게 생긴 일진이 나섰다.

"지금부터 너희들이 지난주에 거짓정보를 적어 낸 대가로 빠따 2대씩 맞는다. 맞은 놈은 눈에 안 보이게 없어진다. 조금이라도 머뭇거리면 10대씩 추가된다."

"한 놈씩 앞으로 나와!"

곧이어 야구방망이로 엉덩이를 2대씩 세차게 때리자 아이들은 비명을 지르며 바닥에 쓰러졌다. 그리고 아픔과 분노와 공포에 질린 눈물을 글썽이면서 허둥지둥 달려갔다.

그다음 날 2교시 수업 시작과 동시에 모든 교실의 아이들이 운동장 쪽으로 몰려갔다.

"누가 자살하려고 옥상에서 떨어졌대!"

어떤 학생이 학교 옥상에서 떨어져 운동장에 널브러져 있는 모습이 보였다. 멀리서 앰뷸런스 소리가 요란하게 울리는 것 같더니, 금방 학교 정문을 통과하였다. 차에서 급하게 내린 구급대원들이 떨어진 학생의 상태를 확인하고 학생을 차에 옮기더니, 이내 앰뷸런스는 쏜살같이 학교 밖으로 사라졌다.

서로들 몇 학년 몇 반 아이가 떨어졌는지 확인하느라 한창 소란스러웠다.

그때 어떤 학생이 큰 소리로 외쳤다.

"3학년 5반 김봉달이래!"

봉달이라는 이름을 듣자, 김사박은 다리가 후들거렸다. 자신이 잘못 들은 것이라고 되뇌었다.

그러나 어떤 학생이 다시 외쳤다.

"3학년 5반 김봉달 맞고, 그 애가 떨어진 자리에서 쪽지가 발견되었대!"

김사박은 눈앞이 캄캄해지는 것을 느꼈다. 갑자기 온몸의 힘이 풀리더니, 털썩 하고 교실바닥에 주저앉았다. 그리고 한동안 그렇게 멍하게 앉아 있었다. 아이들이 다가와서 김사박을 일으켜 의자에 앉게 해주었다.

김사박은 아무것도 할 수 없었다. 일어서려고 해도 도저히 일어설 수가 없었다. 정신적인 충격에 몸이 말을 듣지 않은 것이었다.

빨리 봉달이게게 달려가 봐야 한다고 머릿속에서는 재촉하고 있었지만, 정작 움직여 줘야 할 몸은 말을 듣지 않았다. 너무도 큰 충격에 김사박의 얼이 반쯤 나가 버린 것 같았다.

옥상에서 떨어진 봉달이의 메모에는 이렇게 쓰여 있었다고 했다.

나는 겁쟁이다. 모두가 보고 있는데서 잔뜩 겁을 먹고, 맞는 게 무서워서 그 더러운 침을 핥아 먹었다.

모두가 나를 겁쟁이, 바보라고 놀리는 것 같다. 그 순간, 그 상황을 용기 있게 대처했어야 했는데, 나는 그럴 용기를 내지 못했다.

나는 그들이 너무 무서웠기 때문이다. 나는 너무도 창피하다.

이제 아이들이 겁쟁이라고 놀릴 텐데 어떻게 학교를 다니나? 그리고 그 무서운 일진들이 있는 학교는 정말 싫다.

친구야, 미안해. 비밀 못 지켜서…….

엄마, 아빠! 못난이 아들은 먼저 하늘나라로 갑니다. 용서하세요.

봉달이의 옥상 추락 사건으로 학교가 발칵 뒤집혔다.

봉달이는 다행히 목숨은 건졌지만, 상태가 호전되지 않은 채 중환자실로 옮겨졌다.

힉스

봉달아 일어나라

봉달이의 학교 옥상 투신사건 이후 김사박은 반은 정신이 나간 것처럼 생활하였다.

학교 수업시간에도 선생님이 무어라고 말씀하시는지 귀에는 하나도 들리지 않았다. 그저 멍하니 창밖만 쳐다볼 뿐이었다. 그러다가 선생님들에게 혼이 나기도 했지만, 이상하리만큼 무섭지도 겁나지도 않았다.

그렇게 3일이 지나고 김사박은 정신이 돌아왔다. 그리고 무언가 생각난 듯이 집 밖으로 뛰쳐나갔다.

봉달이 어머니와 함께 봉달이가 치료받고 있는 병원 중환자실에 면회를 갔다.

봉달이의 머리는 온통 붕대로 감겨져 있었다. 붕대에는 피가 많이 묻어 있었다. 그리고 팔, 다리, 가슴에도 석고 붕대가 감겨져 있는 것으로 보아, 온몸에 성한 곳이 없는 것 같았다.

봉달이 어머니는 손수건으로 흘러내리는 눈물만 닦고 계셨다.

김사박은 감겨진 붕대 밖으로 나와 있는 봉달이의 손을 잡았다. 예전에 잡아 봤던 봉달이의 손과는 사뭇 다른 느낌이었다. 무엇인지는 모르지만, 살아 있는 손의 느낌도 아니고 죽어 있다는 느낌도 아닌 묘한 느낌이 전해져 왔다.

그것은 아마도 봉달이를 도와주지 못했다는 자책과 더불어 봉달이를 이 지경으로 몰아간 놈들에 대한 분노의 감정이 마구 뒤섞였기 때문이리라고 생각했다.

봉달이의 손을 잡은 김사박은 속으로 되뇌었다.

'봉달아, 나 왔어. 눈 좀 떠 봐, 인마. 제발 좀 일어나 보라고!'

그렇게 외쳐댔다. 옆에서 눈물만 흘리고 있는 봉달이 어머님의 아픔과 슬픔이 더 커질까 봐, 차마 입 밖으로 소리는 내지 못하지만 그래도 속으로 크게 봉달이를 불러댔다.

봉달이를 면회하고 돌아오는 길에 김사박은 자기 자신이 봉달이보다 비겁함에서 더 나을 것이 없는 존재임을 깨달았다. 그동안 봉달이가 학폭들에게 당하는 이야기를 수없이 듣고도, 도와줄 생각보다는 그냥 안됐다는 생각으로 들어 주기만 했던 자신이 너무도 비겁하게 느껴졌다.

자기 자신에 대하여 스스로 부끄러워졌다.

세상의 폭력을 없애고자 노력하는 이상을 지닌 자신이, 현실의 폭력 앞에서는 아무것도 할 수 없다는 사실이 너무도 실망스러웠다.

친구가 자살까지 하려 했었는데, 자신은 친구의 괴로움을 아무것도 모르고 있었다는 사실 자체에도 너무 화가 났다. 분노가 치밀어 올랐다.

그러나 그것뿐이었다.

자신은 더 이상 그 무엇도 할 수 없는 바보, 비겁자, 겁쟁이라고 자학하고 있을 뿐이었다.

힉스

폭력과 비폭력에 대한 갈등

그렇게 혼자만의 자괴감에 사로잡혀 집으로 돌아오는 길에서 앞서 가는 아빠를 만났다.

항상 그렇지만, 김사박의 아빠는 뒤태에서부터 앞모습이 연상되었다. 검은 뿔테 안경에 흩날리는 듯한 머리, 후줄근한 옷차림, 낡을 대로 낡은 것 같은 구두. 그것이 김사박 아빠 김철학의 트레이드 마크였다.

항상 보던 아빠의 모습이 오늘은 왠지 무척이나 반가웠다. 자신의 이런 속마음을 터놓고 얘기하고, 들어 줄 구세주를 만난 것만 같았다. 아니, 이 세상에서 자신의 이야기를 가장 진지하게 열중하여 들어 줄 사람은 자신의 아빠밖에 없다고 단언하였다.

사박은 반가운 목소리로 아빠를 불렀다.

"아빠, 같이 가요!"

김철학이 놀란 듯 뒤돌아보았다.

김철학이 만면에 미소를 한껏 피우며 한 손의 엄지손가락을 치켜세웠다. 김철학이 김사박에게 항상 보내는 수신호였다.

'너는 나의 최고다. 나의 모든 것이다.'

뭐, 이런 의미가 담긴 아빠만의 탁월한 수신호라는 것이 김철학의 주장이었다.

김사박과 김철학은 그날 밤, 날이 새는 줄 모르고 많은 대화를 나누었다.

봉달이 사건에서부터 이 세상 폭력을 저지하기 위하여 부자가 이 번 연구를 꼭 성공시켜야 한다는 것까지, 그동안 말하지 못하고 혼자만 속으로 간직하고 있었던 모든 부분에 대하여 허심탄회하게 털어놓았다.

"아빠, 인간 세계에 폭력이라는 것이 언제부터 존재하게 되었을까요?"

"글쎄다. 사냥의 방법에서부터 도래하게 된 것은 아닐까?"

"……."

"돌도끼로 두들겨 패서 잡지 못하면 동물로부터 역습을 당하여 죽든가, 아니면 굶어 죽어야만 하는 현실 속에서 강력한 폭력이 필요했던 것이었겠지."

"그런 살기 위한 폭력적 습성이 다른 종족과의 전투에서 인간에게도 폭력을 사용하게 되었을 거란 얘기죠?"

"아니, 뭐, 원시인들의 삶을 상상해 보면 그렇지 않을까 하는 것이지."

"그렇다면 우리 인간이 가지고 있는 폭력의 종류에는 어떤 것이 있을까요?"

"폭력의 종류?"

"예, 아빠. 전에 왜 제가 무기개발 역사를 간략하게 정리해 보았잖아요? 그때 무기개발에 대한 것을 생각하다가 인간의 폭력성이 무기개발로 연결되었다고 혼자 결론지어 봤어요."

"허허, 그래."

"인간의 폭력성은 한도 끝도 없는 것 같다는 생각을 요즘에 와서 많이 해 봐요."

"어떤 면에서?"

"지구촌의 기아문제에서 나타나는 식량에 대한 사용 방법부터가 폭력성을 가지고 있다는 생각도 해 봤어요."

"어떻게?"

"옥수수와 같은 식량을 식육 고기를 생산하기 위한 사료로 개발하여 동물에게 먹이는 행위나, 너무 많은 음식을 남겨서 버리는 행위 등도 기아에 시달리는 지구촌 곳곳의 아이들에게는 폭력과 같은 행위가 아닐까요?"

"……."

"또 있어요."

"뭐?"

"감정 노동자에 대한 기사를 봤었는데, 대인 서비스업 종사자는 다수의 고객에게 친절과 상냥함을 유지하기 위해 자신의 감정을 통제해야 한다고 해요. 그러나 그들은 고객을 응대하면서 얼굴은 웃고 있지만 마음은 우울한 상태가 이어지는 '스마일마스크 증후군'을 겪고 있다고 해요. 그것은 고객으로부터 받는 스트레스가 정도를 넘어 그들에게 상처를 주기 때문이겠지요? 그렇다면 감정노동자가 겪는 스트레스 자체가 언어폭력이며 감정폭력이 아닐까요?"

"당연히 폭력이지!"

"인간이 인간만의 안락한 삶을 영위하기 위하여 지구 생태계를 파괴하는 행위 자체도 지구를 함께 사용하고 있는 다른 동식물에게는 커다란 폭력이 될 수 있고요."

"사박이가 폭력에 대한 많은 생각을 하였구나?"

"아빠의 폭력에 대한 생각은 어때요?"

"아빠는 다른 차원에서 폭력을 생각해 보고 싶구나."

"어떻게요?"

"폭력은 근원이 어디에서부터 시작되었을까?"

"폭력의 근원이요?"

"응, 그래. 폭력을 행사하게 된 원인은 자신만을 위한 이기심에서부터 발로하지 않았을까? 원시 시대에 생존 본능에 의하여 동물이든 다른 종족이든 자신이 살기 위해 폭력을 행사했다는 것 또한 자신들만의 생존 본능을 위한 이기적인 폭력일 뿐이지."

"상대를 배려하지 않고 자신의 이익만을 생각하는 이기심에서부터 생겨났다는 말씀에 공감해요."

"예부터 도인들이 도를 닦는다고 하는 것은 자신의 모든 감정을 내려 놓고 자신을 주체가 아닌 객체로 보고자 했음이야. 자신이 주체가 아니고 객체로 보였을 때, 비로소 자신의 감정 따위에 연연하지 않을 수 있는 것이지. 도인들은 자신의 이기심에서부터 벗어나야 모든 감정으로부터 벗어나 무아지경에 이를 수 있다고 보지 않았을까? 그래서 그 엄청난 고행도 마다하지 않던 것 아닐까?"

"왜, 그 도인들은 무아지경에 이르고자 했을까요?"

"그 속내를 아빠가 답하라고?"

"아니, 뭐……."

"예수님도 원수를 사랑하라고 하셨는데, 예수님이 사랑하라고 하니까 사랑하는 것이 아니고 진심으로 원수를 사랑하자면 자신의 감정을 모두 버려야 가능한 것 아니겠니? 그러니까 예수님도 도의 반열에 오르

힉스

신 성자이시지."

"그럼, 불교에서 참선도 자신의 감정을 벗어 버리기 위한 수행이네요?"

"그렇게 연결하면 모든 종교의 성자들이 인간에게 가르치고자 하는 것이 기도를 통하여 자신의 감정을 다스리는 법을 알려 주려고 했던 것이 아닐까? 자신의 감정을 다스려야 남을 위한 진정한 사랑을 베풀 수 있으니까 말이야."

"아빠, 아무튼 이 세상의 폭력은 사랑으로 치유할 수 있지만 그 사랑은 감정의 조절에서부터 시작된다고 결론지을 수 있겠네요?

"이야, 벌써 거기까지 논리를 정리한 거야? 우리 아들 대단하구만!"

"뭐 별거 아닌 것을 가지고 또 오버해서 치켜세우시네요, 아빠."

"하여간, 우리의 연구과제는 지구의 모든 폭력을 인간의 감정 조절로 해결하고자 함이 아니겠니?

"……."

그날 밤 김사박 부자는 아빠와 아들의 관계인 부자라기보다는 끈끈한 동지애로 뭉쳐진 동지이며, 가장 속내를 잘 알아주는 친구이며, 같은 목표를 향해 같은 연구를 하며 함께 살아가는 절대적인 동반자였다.

세계의 뉴스

세계의 모든 언론이 지면과 화면을 통하여 알리고 있었다.

【속보】

각국 폭력조직, 세계 테러조직의 자금줄 확산

각국의 폭력조직 등 암흑세계의 조직에 악명 높은 테러조직들의 자금이 흘러들어 가고 있는 정황이 포착되었다. 이에 전 세계의 정보부처에서는 테러조직과 암흑세계의 조직이 연계하여 일어날 상황에 대하여 분석 작업에 돌입하였다.

지구 곳곳에서 일어나는 테러 사건이 교통사고만큼 빈번하게 많이 발생하고 있다고 세계의 매스컴들은 떠들썩하게 전하고 있었다.

힉스

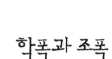

학폭과 조폭

전국 폭력조직들의 움직임이 심상치 않다는 경찰청 보고에 이어, 검찰청에서도 폭력조직들의 움직임이 심상치 않은 방향으로 움직이고 있다는 뉴스가 전해졌다.

경찰청 보고: 경찰청에 따르면 전국의 폭력조직들이 학생 폭력서클까지 장악하여 그들의 조직망을 확대하려는 움직임이 포착되었다고 한다. 그러나 그들이 어떠한 범죄적 행위 등은 보이지 않아 주의 깊게 관찰하고 있다.

검찰청 보고: 전국의 폭력조직들이 학생 폭력 서클까지 동원하면서 그들 조직의 규모를 크게 키우고 있다. 그들이 폭력조직을 키우고 있지만, 아직까지 조직간 폭력 다툼의 조짐은 보이지 않고 있다. 하지만 폭력조직들이 규모를 키우는 이유에 대한 정보는 찾아내지 못했다. 이에 전국 검찰청은 전국 검사장 회의를 소집하고, 대책을 논의하기로 하였다.

수상한 그림자

김사박은 도서관에서부터 이상한 낌새를 느꼈다. 도서관에서 자주 보지 못했던 불량스러운 학생들이 자신을 계속 관찰하고 있다는 것을 알아차렸다.

그러나 그들은 김사박에게 어떤 질문을 하거나 다가오지는 않았다. 멀리서 김사박의 움직임만 예의주시할 뿐이었다.

김사박은 그런 그들의 행동에 학습 집중력이 떨어졌다. 도대체 그들이 신경 쓰여 몰입할 수 없었다. 그래서 일치감치 가방을 챙겨서 도서관을 나왔다. 그런데 이게 웬일인가? 그들이 버스정류장까지 쫓아 나온 것이다.

자신의 심장이 두근대기 시작하는 것을 느낀 김사박은 얼른 버스에 올라 자리에 앉았다. 그들도 김사박을 따라 버스에 탔다.

김사박은 바짝 긴장하고 있었다. 불안감에 그들과 눈을 마주치지 않으려고 애를 썼다. 그러나 그들은 자기들끼리 얘기하면서 가끔씩 김사박 쪽을 쳐다볼 뿐, 다른 불미스러운 행동은 하지 않았다.

버스에서 내리자마자 김사박은 쏜살같이 내달렸다. 겨우 그들을 따돌

힉스

리고 집에 돌아온 김사박은 온몸이 땀에 흠뻑 젖어 있었다.

퇴근하는 버스 안에서 김철학은 기분 나쁘게 자신을 쳐다보는 2명의 건장한 남자들과 눈이 마주쳤다. 그들의 살기어린 눈을 얼른 피했다. 뭔가 불안감이 엄습해 왔다. 김철학은 그들이 스마트 폰 게임에 정신을 팔고 있는 사이, 재빠르게 버스에서 내렸다. 그리고 달리기 시작했다.

버스가 정류장에서 한참을 가더니, 급하게 정차하면서 그들이 버스에서 내렸다. 그리고 김철학이 있는 쪽으로 달려오기 시작했다.

김철학은 죽을힘을 다하여 도망쳤다. 그리고 집에 도착하여서는 쓰러질 것 같은 몸을 가누기 힘들어 현관 앞에서 벽에 등을 기대고 한참을 서 있다가 집으로 들어갔다.

다 늦은 밤에 김사박이 김철학을 찾았다.

"아빠, 오늘 좀 이상한 일이 있었어요!"

김철학은 자신의 신상에 대한 질문인 줄 알고 대답했다.

"아니, 뭐 별로……."

김사박이 아빠의 대답에 의아해하면서 말했다.

"아니, 아빠 말고 오늘 내게 있었던 일을 말하려고 하는데…… 혹시 아빠도 무슨 일이 있었어요?"

김철학은 깜짝 놀랐다.

"뭐? 무슨 일인데?"

아빠의 깜짝 놀라는 모습에 김사박도 같이 놀랄 뻔했다.

"예, 오늘 도서관에서부터 이상한 학생 애들이 나를 미행하는 것 같아서 조금 불안했었어요."

김철학은 불안한 마음으로 물었다.

"어떻게 생긴 애들인데?"

"예, 조금 불량한 것으로 봐서 학폭 쪽 아이들 같았어요."

김철학은 잠시 생각에 잠기더니, 김사박에게 말했다.

"사박아, 아빠도 오늘 어떤 놈들에게 미행을 당했었다. 아무래도 우리가 진행하고 있는 힉스 연구에 대한 정보가 노출되어서 우리를 미행하는 것 같다는 생각이 드는구나. 아무쪼록 조심해야겠다."

놀라는 기색으로 김사박이 물었다.

"그래요, 아빠도 미행을 당했다고요?"

"그래, 그런데 어떻게 우리가 힉스물질 연구하는 것을 알았을까? 너 누구에게도 말한 적 없지?"

"그, 그게……. 참 봉달이가 옥상에서 투신했을 때 메모 쪽지에 '친구야, 비밀 못 지켜서 미안해'라고…….."

김철학은 그 말이 무슨 의미인지 잘 알고 있었다. 그것은 이미 힉스 연구에 대한 정보가 외부에 알려졌다는 사실이었다.

김철학은 염려스러운 표정으로 말했다.

"사박아, 아무튼 힉스 연구가 끝날 때까지는 주변을 잘 살피고 다녀라. 무슨 일이 있으면 빨리 아빠에게 연락하고."

"예, 아빠도 무슨 일이 있으면, 저에게 먼저 연락을 주세요."

두 사람은 불안한 감정을 억누를 수 없었다.

그날 밤, 두 사람은 불안에 떨며 한숨도 자지 못했다.

실험 실패(동물 실험)

식물에 대한 힉스 감정파동 실험을 성공적으로 마친 김사박 부자는 드디어 살아 움직이는 동물의 실험을 진행하였다.

실험 연구 계획 중 동물에 대한 실험을 하기 위해 김사박 부자는 미국 메사추세츠 공대(MIT)의 피카워 학습기억연구소 과학자들이 했던 생쥐의 뇌에 가짜 기억을 심는 실험을 응용하여 실험하기로 했다.

【MIT 대학의 실험】
광유전자학이라는 기술을 이용해 특정 기억을 형성하는 쥐의 세포를 빛을 이용해 켜지거나 꺼지도록 조작했다.
MIT 연구팀은 특정 방에서 약한 전기가 흐른다는 기억을 조작해 기억 형성에 필요한 세포를 작동시켰고, 그다음 날 생쥐들을 한 번도 가 본 적 없는 방에 놔뒀다.
생쥐들은 처음에 정상적인 행동을 했지만, 연구진이 빛을 이용해 기억 세포를 자극하자 공포에 질린 반응을 보였다.

가짜 기억 이식에 성공한 MIT 연구진은 "지금까지 연구는 뇌를 일종의 블랙박스로 보고 외부에서 접근을 시도했지만, 이번에는 안에서부터 접근했다. 뇌세포를 직접 조종함으로써 기억과정을 세분하고 더 나아가 조작까지 할 수 있게 해 준다."고 밝혔다.

MIT 연구진들은 "연구가 진전되면 외상 후 스트레스 증후군 같은 증상으로 고통 받는 사람들을 두렵게 하는 연상 작용을 제거하거나 줄일 수 있을 것"이라고 기대했다.

하지만 이것은 아직 가능성이다. MIT 연구팀에 의하면 쥐의 기억 저장 방식과 인간의 기억 저장 방식은 다르다. 쥐는 단순한 충격에 반응하는 방식으로 기억을 저장하지만, 인간은 사유하고 감정을 다루는 방식으로 기억을 저장하기 때문이다.

MIT 연구진이 인간의 기억 저장 방법에서 감정을 다루는 부분 때문에 고민하던 부분을, 김사박 부자는 동서양의 기(氣)에 대한 연구를 거듭한 결과, 그 방법을 찾아내게 되었다.

- 고통을 모르게 하는 파동
- 고민을 모르게 하는 파동
- 불안감을 모르게 하는 파동

MIT 연구진이 단순하게 빛으로만 실험하면서 그토록 고민하던 부분인 인간의 감정을 다루는 부분의 핵심이 지금 자신들이 연구하고 실험하려는 것이라는 것을 김사박 부자는 잘 알고 있었다.

힉스

MIT 연구진의 단순 실험보다 더 차원 높은 실험이 지금 자신들이 하려고 하는 '인간을 가장 심리적으로 안정되게 하는 파동'을 전이 시키는 것이라고 생각했다. 이번 동물 실험만 성공한다면, 김사박 부자가 목표하였던 연구 결과가 완성되는 것이었다.

MIT 연구진의 실험 방법을 응용하여 힉스물질과 융합된 감정파동을 인간 임상 실험에 앞서서 동물 임상 실험을 먼저 하기로 하였다. 아무래도 인간에게 섣불리 임상 실험을 하였다가 돌발 변수가 작용하거나 알 수 없는 변화가 일어나 인간에게 심각한 부작용을 일으킬 수도 있다는 가정 하에 동물실험 과정을 먼저 하기로 한 것이었다.

식물 실험에서 추출된 희로애락의 힉스 감정파동을 동물에 전파하여 희로애락의 감정이 나타나는지 확인 실험을 진행하였다.

【동물 임상 실험】
1) 개, 고양이, 닭 등 주변에서 쉽게 모을 수 있는 동물 등을 이용하여 실험에서 동물 한 마리마다 실시하는 개별 실험에서는 희로애락의 감정이 나타남.
2) 희로애락의 감정파동이 전이된 개체를 다른 개체군 속에 전이된 한 마리를 투입하여 그 전체 개체군이 힉스 감정파동에 반응하는지에 대한 검사를 하였으나, 변화 없었음.
3) 전이된 힉스감정물질의 파워가 미약하거나, 감정파동에 감응하는 것이 변형되어 파동을 감지하지 못하는 것인지는 많은 실험을 통한 재확인이 필요.
4) 전파 감응 장치에 의한 파동 전이 확인 결과, 모든 파동이 미

미하게 전파되었음을 확인할 수 있었음. 그러나 동물 자체
에서의 변화는 인지하지 못함.

5) 힉스물질이 자가 증식되었는지의 검류계 검사 결과 개체군
에 부분적으로 증식되었음을 확인.

6) 동물 임상 실험에서 식물 임상 실험에서와 같은 뚜렷한 결
과값을 얻지 못함.

7) 동물 임상 실험 실패 인정.

그동안 김사박 부자의 실험은 아무런 실패 없이 순조롭게 예상했던 결
과대로 나타났었다. 이 때문에 이번 실험도 순조롭게 성공하리라 확신
하고 있었다. 그러나 예상과는 다르게 뜻밖의 결과가 나타났다.

이번 동물 임상 실험의 실패는 그들을 커다란 좌절의 구덩이에 밀어
넣었다.

두 사람은 실험 실패 이후에 서로 한마디도 하지 않았다. 서로 눈도
마주치지 않았다. 그것은 서로가 서로에게 실패에 대한 과오를 전가하
지 않기 위해서이기도 했지만, 커다란 실망감에 젖은 그 감정을 건드리
고 싶지 않아서였다.

김철학은 너무 쉽게 생각하고 덤벼들었다는 자책감에 자신을 한 없이
자학하고 있었다.

그리고 김사박은 자신이 너무 서둘러서 이번 실험이 성공하지 못했
다고 생각했다. 자신이 좀 더 심사숙고해서 실험을 진지하게 진행했어
야 했는데, 성공에 대한 욕심만 앞서서 아빠를 다그치고 종용했던 것이
이번 실험을 실패로 몰아가게 했다는 죄책감에 깊이 반성하고 있었다.

힉스

김사박은 끊임없이 생각하고 또 생각했다. 어떻게 시간이 흘렀는지도 몰랐다. 그저 실패에 대한 원인을 알아내고자 자신의 모든 신체적 · 정신적 역량을 올인 하여 집중하였다.

'식물 실험과 달리 동물 실험에서 나타나는 실험값이 왜 미약하고 불안정한 것일까?' 하는 과제를 두고 김사박 부자는 각자의 생각에 몰입하게 되었다.

각자의 시간이 흐른 뒤, 김철학은 아들에게 메모를 전달했다.

To. 아들
그동안 실험 실패에 대한 많은 생각 속에서 우리 자신을 되돌아보고, 정리하는 시간을 가질 수 있게 된 것이 어떻게 보면 겁 없이 달려든 우리에게 아주 중요한 시간이 된 것 같다.
현재의 시대는 임계점 없는 답을 요구하는 시대이다. 우리가 현재의 시대에 사는 현대인이기에 우리도 그처럼 빨리 답을 얻으려 했던 것 같다.
물이 끓기 위해서는 끓기 위한 한계 온도에 도달할 때까지 적정한 열을 가하는 노력이 필요하며, 또 거기서부터 끓는점까지 다시 가열을 하여야 겨우 물이 끓는다.
그것이 어떤 결과물을 얻기 위한 과정이다.
그러나 현재의 인간은 그러한 임계점의 과정을 거치는 것을 귀찮아한다. 임계점 없이 더 빠르게 결과물을 얻고자 한다. 인터넷에서 아무런 노력 없이 결과물을 얻으려 하고, 인스턴트커피,

컵라면 등을 끓지 않은 온수기 물로 음식을 익혀 먹으려 한다.

그러나 모든 현대의 인간이 그렇지 않은 것이 다행인지도 모르겠다. 편안한 것을 놔두고, 철인 경기, 마라톤과 같이 힘든 고통을 스스로 즐기며 그 결과에 환희를 느끼는 사람들도 있다. 우리도 그 마라토너들처럼 임계점을 거쳐 가며 새로운 결과물을 얻고자 노력해야 한다. 비록 얻고자 하는 것이 원했던 것이 아니라 해도, 인내하며 노력해야 한다는 것을 명심해야 한다.

엉뚱한 결과 안에서 또 다른 새로운 창조물을 발견할 수 있어야 한다. 목표값이 예상할 수 없었던 결과로 나타났다고 해서 그것이 꼭 틀린 답이 아니다. 어쩌면 목표하던 값이 틀린 답이고, 새로 발견된 값이 본래의 정답일 수 있다. 사고의 변환, 관점의 변환을 자유자재로 이어 갈 수 있어야 많은 결과물을 얻을 수 있다.

아들아, 지금 우리의 실패가 꼭 실패라고 생각하지 말고, 이번 실패가 과연 단어 자체의 의미처럼 실패인지, 아니면 정답으로 가는 필수 과정인지, 또 다른 답인지 확실하게 짚고 넘어가야할 부분인 것 같구나. 아니면 이번 실패가 우리에게 주는 의미가 무엇인지 또 다른 관점에서 살펴보아야 할 것 같다.

그런 되새김 모드 속에서 새로운 실험을 연결해야만 똑같은 시행착오를 겪지 않을 뿐 아니라, 새로운 결과값을 유도해 낼 수 있다는 생각이 든다.

아들아, 너도 많은 생각을 했겠지만 아빠의 메모도 너의 생각 속에서 같이 융합하여 생각해 주길 바란다. 아들, 파이팅!

힉스

김사박은 아빠의 메모를 읽고, 자신이 가졌던 생각과 아빠 메모 중 실패가 진짜 실패인지 아니면 결과값의 오류, 왜곡된 값, 변이, 간섭 등의 이유로 실패한 것인지 알아보기 위해 여러 각도에서 다시 실험하기로 하였다.

힉스물질의 파워 증폭을 위한 여행

　실패라는 결과값을 가지고 김사박 부자는 두 번의 주말을 꼼짝없이 실험에 매달렸다.

　김사박 부자는 매일 밤 힉스물질에 대한 꿈을 꾸었다. 꿈속에서도 그들은 연구를 하였다.

　부자는 아침에 꿈속에서 각자가 실험한 사실을 서로 이야기하였다. 다른 사람들이 보면, 그들은 마치 미친 사람들처럼 보였다.

　실제로 그들은 힉스에 미쳐 있었다.

　동물실험의 실패라는 충격 때문에…….

　김사박은 꿈에서 동물 실험에서 실패한 이유가 내포된 힌트를 얻게 되었다.

　그것은 힉스의 자가 증식이 같은 공간 내에서는 원활하게 이루어지지만 다른 장소에 옮겨 놓으면, 더 이상 자가 증식되지 않는 것이었다.

　꿈속에서 김사박은 계속해서 실험하였지만, 힉스는 더 이상 자가 증식을 하지 않았다. 꿈속에서 김사박은 더 이상 자가 증식하지 않는 힉스를 고장 난 로봇처럼 바라보았다. 더 이상 힉스가 움직이지 않는다는 것을 알고 김사박은 힉스가 죽었다고 생각하여 엉엉 울어댔다.

그러다 잠에서 깼다. 꿈이 아니라 현실인 것처럼 꿈속의 상황들이 아직도 뇌리 속에서 생생하게 기억되었다.

김사박은 아빠인 김철학에게 자신이 꿈속에서 있었던 상황을 설명하였다.

그들은 번개에 감전된 듯한 모습으로 눈을 크게 뜨고 서로를 바라보았다. 한참을 그렇게 멍하게 있었다.

그리고 동시에 두 사람은 자리에서 일어나 재빠르게 움직이기 시작했다.

힉스의 자가 증식을 확인하기 위해서 그들은 식물 실험에서부터 다시 시작했다. 식물 실험은 성공이었다.

그리고 힉스물질이 자가 증식된 식물 화분을 다른 장소로 옮겼다. 실험실에 없었던 다른 식물을 실험된 식물과 함께 2시간을 같이 보관한 후에 감정파동을 전파했다. 그러나 실험실에서 가져온 화분의 식물은 감정파동에 반응을 하였으나, 실험실 밖에서 가져온 화분의 식물은 전혀 반응이 없었다.

김사박이 꿈속에서 보았던 상황과 너무도 똑같았다. 김사박은 놀라지 않을 수 없었다. 어떻게 꿈속의 일들이 현실에서 똑같이 일어날 수 있는지 이해가 되지 않았다.

김사박 부자는 김사박의 꿈속의 실험을 현실에서 실행해 본 결과에 대한 이유를 알고 싶었다.

또 2주가 흘렀다. 그들의 몰골은 어두운 동굴 속에서 몇 년 동안 살다가 구출된 것처럼 눈동자는 깊숙이 들어갔고, 입술은 마를 대로 말라 허연 물질이 일어났다. 얼굴과 손등은 기름을 바른 것처럼 거무튀튀하여 기름때가 묻어날 지경이었다.

그들은 그 이유를 알아내었다.

유필현 박사님이 자신의 생명이 다하는 상황에서 힉스의 자가 증식 실험을 실험실에서만 실행하고 다른 경우의 실험을 간과했던 것이었다. 그것은 유필현 박사님의 실수도 아니었고, 유필현 박사님의 그 당시 상황을 고려해 보았을 때 충분히 이해되는 부분이었다.

김사박 부자는 그 실험의 과정을 거치면서 깨달았다. 실험으로 증명된 결과값도 완전한 값이 아닐 수 있다는 사실을 말이다.

그래서 힉스의 실험 연구 계획 중 다섯 번째인 힉스물질 자가증식 방법의 실험 중 유필현 박사님의 방법에 조금 회의를 느낀 김사박 부자는 또 다른 방법을 연구하기 시작했다.

합쳐진 힉스물질에는 희로애락의 4개의 성질을 가진 힉스물질들이 혼합되어 있다. 그것을 유필현 박사님의 논문에 기록된 힉스물질 자가 증식 방법인 매미의 자가 확산 방법을 응용하여 자가 증식 작용을 하도록 유도하는 것이었는데, 이 방법은 가능하긴 하지만 파워가 너무 약해서, 장소를 달리한 공간에서는 자가 증식을 하지 못한다는 사실을 알았다.

더구나 자가 증식한 개체들도 희로애락의 파동을 강력하고도 신속하게 전달하는 데 너무 약한 파동으로 전달하여, 다른 외부의 파동에 간섭을 많이 받는 것으로 추정되었다.

그 결과, 힉스물질의 파워를 강력하게 하는 것이 가장 중요하다는 결론을 얻었다.

　김사박 부자는 자연과 우주에 존재하는 파워를 힉스물질에 융합하기 위하여 우선적으로 한반도에서 기가 가장 강력하게 나오는 장소를 찾아 보고, 이집트의 피라미드에서 기의 파워를 검측해 보고, 한반도 내에서의 기와 피라미드 내에서의 기를 비교해 본 결과를 가지고 다음 단계의 실험을 하기로 계획하였다.

　우선 김사박 부자는 주말을 이용하여 강화도 마니산 정상의 참성단 부근의 기를 측정해 보기로 하였다.
　김철학이 강화도 마니산을 찾기로 한 이유를 인터넷 정보를 통해 김사박에게 알려 주었다.

【강화도 마니산 참성단】
　마니산의 참성단은 단군 왕검이 하늘에 제사를 지내기 위해 쌓았다고 전해지는 곳으로, 우리나라에서 백두산 다음으로 기의 발산이 큰 곳으로 알려져 있다.

　해발고도 469.4m인 마니산 정상에 만들어진 참성단은 둥근 단의 지름 8.7m, 네모난 단은 6.6m의 정방형 단이다. 둥근 기단 위에 네모나게 제단을 만들어 놓아 '천원지방(天圓地方)'이라고도 하는데, 하늘은 둥글고 땅은 네모났다는 우리 전통의 세계관을 잘 보여 준다.

김사박은 어릴 적에 아빠와 함께 마니산을 올랐던 적이 있었다. 그때는 아무것도 생각하지 않은 채 아빠의 손을 잡고 오른 기억밖에는 없다.

그러나 이번 등정에서는 새로운 감정을 느낄 수 있었다. 그때는 보이지 않았던 숲 속의 많은 나무들, 가을의 단풍이 그려 놓은 자연 색채의 파노라마. 이제는 그런 것들이 눈에 들어왔다.

그리고 아무런 힘도 들이지 않고 자연스럽게 마니산 정상에 오를 수 있었던 것이 명확한 목적이 있었기 때문이라고 생각하였다.

김사박 부자는 참성단에 올라서서 산 아래로 시원하게 내려다보이는 강화 앞 바다를 보았다.

이마에 맺힌 땀방울을 훔치며 김사박이 물었다.

"아빠, 옛날에 아빠와 함께 이곳에 왔을 때보다 오늘 이곳에서 아빠와 같이 서 있는 것이 굉장한 의미를 담고 있는 것처럼 느껴지는데요!"

목을 재껴서 물병의 물을 마시던 김철학은 입가에 흐른 물을 손등으로 훔치며, 김사박을 지그시 바라보았다.

"사박아, 아빠도 오늘은 왠지 다른 산행에서 느끼는 홀가분하고 상쾌한 기분보다는 막중한 사명감이랄까, 엄숙한 기분이 드는구나!"

김철학은 배낭에서 기 측정 장비를 꺼내어 설치하기 시작했다.

그러자 참성단 위에 올라와 있던 사람들이 하나 둘 모여들기 시작했다. 선글라스를 끼고 화려한 색상의 등산복 차림의 중년 남자가 물었다.

"지금 뭐하시는 겁니까?"

김철학이 대답했다.

"아, 예, 지금 이 참성단에서 어느 정도의 기가 측정되는지 검사해 보려고 합니다."

힉스

그 남자는 고개를 갸우뚱하면서 이상한 사람 보듯 하면서 또다시 물었다.

"뭐하게요?"

김철학은 잠시 멈칫했다. 비아냥거리듯 물어오는 말투에 기분이 약간 상했다.

"비밀입니다."

김철학의 짧은 대답에 그 남자는 순간 당혹해하는 표정을 짓더니 더 이상 묻지 않았다.

김사박 부자는 엘로드*를 펴서 우선 그 기운을 살펴보았다. 엘로드가 서서히 움직이기 시작하더니 빠르게 회전하였다. 기운이 강하게 느껴졌다. 그다음에 펜듈럼**을 꺼내 측정해 보았다. 이번에도 빠르게 회전 운동이 시작되었다.

이번에는 좀더 과학적인 장비로 측정해 보았다.

박사임 선생님이 소개한 기 측정의 대가인 교수님으로부터 빌려온 휴대용 기측정 장비였다. 그 장비로 측정한 결과, 100분율의 75%의 기가 측정되었다. 김사박은 스마트 폰 노트에 기록을 하였다.

많은 사람들의 구경거리가 된 것이 못내 기분이 좋지는 않았다. 그때 김철학이 김사박을 바라보면서 말했다.

"사박아, 어릴 때 마니산에 와서 아빠와 하던 행동 생각나니?"

"......?"

---

* 엘로드(L-Road) : 지하수나 수맥을 찾기 위하여 사용하는 구부러진 금속봉으로 기의 흐르는 방향과 세기 등을 찾아낼 수 있다고 알려져 있음.
** 펜듈럼(Pendulum) : 시계 따위의 진자나 흔들리는 추로, 지하수·수맥·기를 찾는 데 사용된다고 함.

김사박이 어리둥절해 하면서 고개를 갸우뚱 거리자 김철학이 다시 말했다.

"왜, 여기 마니산 정상에서 다리 사이로 거꾸로 산 아래를 보려고 했잖아? 기억 안 나?"

그때 김사박도 무엇인가 생각난 듯이 행동으로 옮겼다.

허리를 굽혀 머리를 땅 쪽으로 향하게 하고, 다리 사이로 거꾸로 세상을 바라보았다. 이윽고 김철학도 김사박을 따라서 다리 사이로 거꾸로 세상을 바라보았다.

"보이냐? 바다가?"

"아니 안 보이는데요?"

"그럼, 엉덩이를 더 내리고 머리를 조금만 들어 봐. 그러면 잘 보일 거야."

두 사람은 동시에 엉덩이를 땅 쪽으로 당겨 내리고 머리를 살짝 들어올렸다. 그러자 두 사람 모두 중심을 잃고 땅바닥에 내동댕이치듯 굴러 떨어졌다.

두 사람은 웃음을 참을 수 없었다.

"으하하하!"

"껄껄껄!"

"사박아, 그때도 우리 둘이 이렇게 벌러덩 나가떨어졌단다. 그때의 너는 울고 있었는데 말이야."

김철학의 그 말에 김사박 부자는 서로를 마주보며 더 크게 웃었다.

미친 사람들처럼 웃어대는 김사박 부자를 정상에 모여 있던 사람들은 조금 이상한 사람들이라는 듯 지켜보다가 하나둘 그들을 피해서 하산을 하였다.

옷에 묻은 흙먼지를 털면서 김철학이 말했다.

"봤냐? 거꾸로 뒤집어 보아도 하늘은 하늘이고 땅은 땅이고, 바다는 바다처럼 그대로인 것을?"

사박이 웃으며 말했다.

"아빠와 나만 거꾸로였다는 것을 잘 알고 있지요."

김철학이 고개를 끄덕거리며 말했다.

"맞아, 세상의 천지만물은 항상 그대로인 거야. 사람들만 변해 가는 것이지."

김사박은 그 의미를 묻지 않았다. 묻지 않아도 자연스럽게 전해져 오는 의미를 느낄 수 있었다.

세상에는 굳이 그 의미를 되새기지 않아도 스스로 알게 되는 의미들이 많다는 것을 사박이는 잘 알고 있었다.

사람들이 모두 하산하고 서쪽 바다에 노을이 검붉어지는 것을 알고는 서둘러 짐을 챙겨서 참성단에서 내려와 하산을 하였다. 참성단에서 내려오는 길에 마니산을 관리하는 곳에서 설치한 듯한 게시판을 보았다. 이곳이 마니산에서 기가 가장 강력하게 발산되는 곳이라는 문구였다. 그래서 김사박 부자는 기 검측 장비를 설치하고 기를 측정해 보았다. 그곳에서 측정된 값은 무려 85% 수준이었다.

참성단 정상보다 높은 수준이었다. 그 측정값도 김사박은 기록하였다. 그리고 그곳의 산행길 옆에 힉스물질 일부를 묻어 두었다. 나중에 힉스물질의 기의 값의 변화를 측정하기 위한 조치였다.

힉스물질 매장 위치를 스마트 폰 GPS 위치에 따른 기록을 스마트폰 노트에 입력하고 김사박 부자는 하산을 하였다.

이집트_

강화도 마니산을 기점으로, 한라산과 백두산 등 우리나라에서 기가 세게 발생되는 위치에서 기를 측정하고 그곳에 힉스물질을 일부 묻어 두고 나중에 모든 지점에 매장되었던 곳의 힉스물질의 기를 측정하여 증폭정도를 확인하려고 계획했었으나, 그 계획을 변경하여 곧바로 이집트의 피라미드의 기를 측정하기로 하였다.

처음에는 김사박 부자가 함께 이집트 여행 겸 기 측정 실험을 하기로 계획하였으나, 김사박의 몸 상태도 좋지 않은데다 기말고사 시험이 있어서 김철학만 이집트로 피라미드 여행을 다녀오기로 하였다.

이집트에서 발견된 70여 개의 피라미드 중에서 어느 것을 선택하여 기를 측정할 것인지 고민할 시간도 없었다.

왜냐하면 피라미드에 대한 검색을 하자마자 '영감을 주는 3개의 피라미드와 대피라미드'라는 제목에 이끌려 쿠푸 왕의 피라미드를 단 번에 지목할 수 있었기 때문이다.

이집트 행 비행기 안에서 비행기 밖을 내려다보던 김철학은 많은 상념에 사로잡혔다.

지금 행하고 있는 일들이 과연 어떤 결과를 가져올지 모르지만, 아들 김사박과 함께 처음에 구상했던 대로 진행이 되어 그 결과도 구상했던 대로 나타난다면 아무런 살상무기를 쓰지 않고도 인류의 평화를 유지할 수 있을 것이란 생각을 해 보았다. 그런 상념 속에 스르르 잠이 들었다.

비행기 여승무원의 방송 멘트에 잠을 깨어 보니, 어느덧 이집트 하늘에 도착한 것 같았다.

지상에 곡선을 그리며 흐르는 것이 나일강이라고 짐작하게 하였다. 그리고 펼쳐진 도시의 빌딩 숲, 빌딩 숲과의 경계면에 보이는 황토색 땅에 점점이 보이는 피라미드······.

이집트 카이로 공항에 도착하자 가이드로 보이는 사람이 가까이 다가왔다.

그와 간단한 인사를 나누고 곧바로 피라미드로 향했다.

이집트 카이로 도심에서부터 자동차라는 타임머신을 타고 30분 정도 지나자 2600년 전의 과거에 도착했다. 가까이 다가가자 나무와 숲이 우거져 자신의 본체는 잘 보여 주지 않는 일반적인 산이 아니라, 나무도 숲도 없이 가릴 것 하나 없이 발가벗겨진 채 본체를 드러낸 거대한 산처럼 삼각기둥의 피라미드가 나타났다.

어떻게 고대 이집트인들이 평지 위에서 피라미드를 쌓아 올려 지상의 기를 축적할 생각을 하였을까? 그것은 인간의 유전적 세포에 내재된 신을 향한 갈구, 소망 그러한 것들 때문에 본능적으로 생겨난 것은 아닌지 생각해 보았다.

그곳에 3개의 피라미드가 거대한 산처럼 버티고 서 있었다.

쿠푸 왕, 카프르 왕, 멘카우레 왕의 3대 피라미드와 스핑크스가 그곳에 있었다.

어떻게 보면 인간이 평균 2.5톤의 바위 280만 개 정도를 높이 145미터, 밑변길이 230미터, 경사각도 $51°50'35''$, 용적 약 260만 평방미터의 피라미드를 쌓아 올렸다는 것을 믿을 수 없었다.

더구나 10만 명의 노동자가 20년간에 걸쳐서 황금 분할의 직삼각형 형태를 쌓아 올렸다는 것이 믿기지 않았다.

더 믿기지 않는 것은 피라미드 둘레의 총 길이를 높이의 두 배로 나누면 원주율(π)에 거의 일치하는 숫자가 된다는 점. 밑면의 대각선을 북동과 북서로 연장하면, 두 개의 직선이 나일의 델타 지역 전부를 커버한다는 점. 게다가 피라미드의 둘레를 피라미드 인치(피라미드 건설에 사용했다고 추정되는 측정 단위)로 나타내면, 정확하게 태양년의 일수 365.2의 천 배와 일치한다는 점. 또한 쿠푸왕의 대피라미드는 4개의 측면이 각각 정확하게 동서남북을 바라보고 있다는 점. 춘분에는 피라미드가 전혀 그림자를 드리우지 않는다는 점 등등…….

이처럼 피라미드에 관계된 숫자가 여러 가지 의미를 가지고 있다는 사실이, 인간이 축조했다고는 도저히 믿기지 않았다.

피라미드는 아마도 우주의 먼 외계에서 날아온 삼각뿔 모양의 형체이거나, 아니면 땅에서 융기하듯이 솟아오른 것이거나, 거대한 바위가 이상한 풍화작용에 의하여 절묘하게 삼각뿔 모양으로 깎인 것은 아닌지 의문스러웠다.

피라미드가 왕의 묘로 거대하게 건설된 이유가 파라오의 영원한 생명에 걸맞게 영원히 무너지지 않을 주거가 필요했기 때문이라고 한다. 그리고 또 한 가지는 왕이 하늘로 올라가기 위한 계단, 또는 사다리 역할

힉스

을 하기 위함이라고 한다.

오직 한 사람의 사후를 위해 무려 10만 명의 사람들이 20여 년에 걸쳐 노동의 대가를 치러야 했다는 사실이, 피라미드가 매우 이기적인 축조물임을 증명하는 것이라고 김철학은 생각했다.

물론 역사학자들은 파라오의 임무인 '우주의 주기성을 유지하는 일'인 천체의 운행, 사계절의 흐름, 달의 운행, 식물의 성장, 나일강의 범람 등 농경민족인 이집트 사람들에게 사활이 걸린 문제를 해결하기 위해 축조되었다고 하지만, 그것은 노동착취를 위한 선동적인 말에 불과하고 오직 왕 한 사람을 위한 축조물이라고 볼 수밖에 없다고 생각했다.

파라오들의 영생불멸을 꿈꿨던 '사후왕궁'인 이곳에서 노동을 착취당하고 죽어 간 수많은 인간들의 영혼이 함께하고 있는 피라미드를 바라보면서, 김철학은 자신이 왜 이곳에 와 있는지 잠시 잊고 있었다.

피라미드는 무형의 공간 에너지를 특수하게 응집시켜서 유형화시키는 일종의 기의 렌즈와 같은 작용을 하는 것으로 이해된다. 이러한 공간에너지는 동양에서 아주 친숙한 단어인 기(氣)라는 개념과 같은 것이라고 보면 된다.

이집트의 피라미드, 멕시코 마야 유적지의 태양 신전, 우리나라 강화도 마니산 정상의 참성단. 이것은 물리적으로는 대자연의 에너지가 충만된 곳에서 신에게 기원하려는 인간의 샤머니즘 행태에 의한 산물일 수도 있지만, 어쩌면 인간이 신에게 동격으로 근접하고자 하는 인간 본능의 이기적인 욕구에서 발로된 산물인지도 모르겠다는 생각을 해 봤다.

피라미드의 지표면으로부터 3분의 1 높이 지점에서 기를 측정하였다. 그 값은 마니산의 기와 별반 다르지 않았다. 75% 수준이었다. 그곳에 힉스물질 일부를 숨겨 놓고, 피라미드의 가장 높은 곳에서 또다시 기를 측정하였으나 그곳의 기는 생각보다 작았다. 52% 수준이었다. 그러나 그곳에도 힉스물질 일부를 숨겨 놓았다.

숨겨 놓은 힉스물질을 내일 찾으러 오기로 가이드와 약속 시간을 잡고, 피라미드에서 철수하였다.

가이드가 차를 주차하고 김철학과 가이드는 함께 차에서 내렸다. 그가 내린 곳은 피라미드에서 멀지 않은 곳으로, 아흐라무 거리 또는 피라미드 거리라는 곳이었다.

이집트의 음식점들과 상가들, 전 세계 패스트푸드점들이 거리에 즐비하게 들어서 있었다.

피라미드 안의 왕들은 일부 이집트인들을 죽어서도 자신들의 피라미드와 관련된 삶을 살게 하고 있었다. 과거에 기대어 사는 현재의 삶, 현재와 마주 보고 같은 시간을 공유하는 과거의 모습, 그것이 현재 피라미드의 자화상이었다.

김철학은 언젠가 책을 읽다가 이해가 되지 않았던 아라비아 속담이 그제야 이해되는 것 같았다.

"모두가 시간을 두려워 하지만 피라미드만이 세월을 비웃는다."

힉스

아버지의 납치

김철학은 피라미드에 숨겨 두었던 힉스물질들을 찾아서 이집트에서의 실험을 마치고 서둘러 귀국길에 올랐다. 하늘을 날아오른 비행기 안에서 김철학은 피라미드의 이미지를 단순화시키는 생각을 하면서 잠이 들었다.

김철학을 태운 비행기는 안전하게 인천공항에 착륙하였다.
그러나 김철학은 보이지 않았다. 그리고 김사박의 스마트 폰으로 날아온 한 통의 문자메시지.

김철학은 우리가 잘 모시고 있다. 납치 신고, 실종 신고 등은
하지 않기 바란다. 신고 되는 순간, 김철학은 위험에 노출되었
다고 판단하라!

아버지의 납치를 인지한 순간 김사박은 눈앞이 깜깜해졌다. 아무것도 생각도 할 수 없어, 한동안 멍하니 서 있었다.

한참을 넋 나간 사람처럼 움직임 없이 서 있던 김사박이 집 밖으로 달려 나갔다. 달리면서 김사박은 좋지 않은 많은 생각을 떨구어 버리려고 무척 애를 썼다.

　'혹시, 잘못되시기라도 한 것은 아닐까? 뉴스 화면에서 보았던 것처럼 검은 천을 얼굴에 뒤집어씌우고 참수하겠다고 협박하지는 않는지…….
어쩌면 아빠를 이 세상에서 다시는 못 볼 수도 있는 게 아닐까? 그들에게서 살아 돌아오신다고해도 불구가 되어 돌아오시는 것은 아닐까?'

　별의별 안 좋은 생각들이 계속 뇌리 속을 파고들어 왔다.

　고개를 심하게 좌우로 흔들어 봤지만 소용없었다.

　괴로웠다.

　아버지가 납치되었다는 사실도 괴로웠지만, 더욱 괴로운 것은 나쁜 생각들이 물밀듯이 뇌리 속에 쳐들어오는 것이 참을 수 없을 만큼 고통스러웠다.

　그렇게 김사박은 어디로 어떻게 달려가는지도 모르게 본능에 맡긴 채 달리고 또 달렸다.

사박이의 분노 폭발

김사박이 정신없이 찾아온 곳은 학폭들의 아지트인 당구장이었다. 시간은 밤 12시를 가리키고 있었다.

사박이는 당구장 구석구석을 돌아다니며 일진 패거리들을 찾고 있었다. 그러나 그곳에는 학폭 일진들이 없었다.

사박이는 당구장 밖으로 나와 건물의 뒷골목 음식점들을 뒤지고 다녔다.

늦가을의 메마른 바람이 도시의 뒷골목길마다 어둠의 음습한 기운과 함께 차갑게 휘몰아치고 있었다. 사박이도 늦가을 밤의 찬바람처럼 도시의 뒷골목에서 박대강이를 찾아 헤맸다.

봉달이가 박대강 패거리들에게 준 정보 때문에 아빠가 괴한들에게 납치된 것이 틀림없다고 확신하였다. 그래서 박대강이를 찾아야 그 괴한들의 정체를 알 수 있고, 아빠가 어디에 있는지 알 수 있을 것 같았다.

사박이는 박대강이 패거리들이 잘 다닌다는 술집, 식당 등을 샅샅이 뒤지고 다녔다. 전에 봉달이가 빵셔틀 경험을 말하면서 애기 했던 그 골목길을 기억하며 그들이 자주 가는 곳을 모두 뒤진 끝에, 드디어 박대강이를 작은 식당에서 만날 수 있었다.

패거리들과 태연하게 식사를 하고 있는 박대강이를 본 순간, 사박이는 피가 거꾸로 솟는 기분이었다. 이성을 반쯤 잃은 사박이는 눈이 뒤집힌 상태로 박대강에게 달려들었다.

"야, 이 새끼야. 박대강 나쁜 새끼야!"

박대강 패거리들은 식사하다 말고 갑작스러운 상황에 상당히 당황해하는 모습이었다. 그들은 동시에 의자에서 벌떡 일어났다. 그때 박대강이 같은 학교 학생이라는 것을 알아보고, 그 패거리들을 양팔로 제지하였다. 그리고 천천히 사박이 앞으로 다가왔다.

사박이는 이성을 잃고 박대강에게 주먹을 마구 휘둘렀다. 그러나 박대강은 사박이의 주먹을 모두 피하고는 사박이의 다리를 슬쩍 건드려 바닥에 넘어뜨렸다. 사박이는 중심을 잃고 바닥에 나뒹굴었다.

박대강은 사박이의 목을 구둣발로 꾸욱 눌러 꼼짝 못하게 한 상태로 물었다.

"뭐냐? 너 누군데 함부로 날뛰냐? 너 미쳤냐? 형님 식사하시는데 분위기 잡치게……."

박대강이는 구둣발로 사박이의 배를 몇 차례 걷어찼다.

사박이는 신음소리를 내면서 떼굴떼굴 굴렀다. 패거리들이 사박이를 박대강이 앞으로 데리고 왔다.

"너 무엇 때문에 이 지랄이냐? 그 이유 좀 들어보자."

사박이는 아픈 배를 움켜쥐고 씩씩대면서 말했다.

"야, 우리 아빠가 없어졌다고!"

박대강이 어이가 없다는 표정으로 말했다.

"너희 아빠가 없어졌는데 왜 나한테 와서 지랄이야, 인마!"

박대강은 사박이의 뺨을 세차게 때렸다. 그러나 사박이는 아랑곳하지 않고 말했다.

"봉달이한테 우리 아빠의 신상명세서를 받았지? 그래서 그것 때문에 우리 아빠가 괴한들에게 납치당한 것 아니냐고!"

순간 박대강이도 흠칫하며 놀랐다. 자신들이 넘겨준 정보 때문이라면, 이건 심각한 상황이라는 것을 직감할 수 있었다. 그러나 박대강이는 모른 체하고 다시 사박이의 배를 발로 걷어차면서 말했다.

"그게 무슨 상관이야. ×새끼야!"

박대강이의 발길질에 사박이는 식당 주방쪽으로 벌러덩 넘어졌다. 사박이는 일어나면서 주방 한쪽에 있던 장도리를 집어 들고 박대강이를 향하여 망치를 내리쳤다. 그러나 박대강이는 가볍게 장도리 망치를 피했다.

이에 질세라, 사박이는 장도리 망치를 마구 휘둘렀다. 그러다가 박대강이 피하면서, 사박이가 휘두르던 장도리 망치가 식당의 대형 유리창을 쳤고, 유리창이 와르르 부서졌다. 그러면서 망치를 든 사박의 오른 손목이 파손된 유리창 밖으로 나갔는데, 순간 깨진 윗부분의 대형유리가 쏜살같이 내려왔다.

너무나도 순식간에 벌어진 일이었다. 깨진 유리의 커다란 조각에 사박이의 손목 부분이 잘려 버리고 말았다. 순간적으로 일어난 상황에 식당에 있던 모든 사람들이 크게 놀라 소리를 쳤다.

"아악~!"

"어떻게 해!"

그 상황에 이르자, 박대강 패거리는 순식간에 식당을 빠져나가 도망쳤다.

사박이의 잘린 오른 손목은 식당 밖에서 펄펄 끓고 있던 기름 솥에 빠진 채 피와 엉겨 튀겨지고 있었다.

　사박이는 신음소리를 내면서 바닥에 나뒹굴었다. 사박이의 잘린 손목 부위에서는 피가 솟구치듯 뿜어져 나오고 있었다.

　사박이는 서서히 정신을 잃어 갔다.

힉스

잃어버린 손목과 용서

사박이는 한쪽 손목을 잃어버린 장애인이 되었고, 박대강이는 그대로 잠적하였다.

수술 후 마취에서 깨어난 사박이가 자신의 오른손이 간지러운 것 같아 왼손으로 긁으려고 하였다가 소스라치게 놀랐다. 자신의 오른손이 만져지지 않는 것이었다. 사박은 자신의 오른 팔을 위로 들어봤다. 오른쪽 손목이 잘려서 없었다.

순간 사박이의 뇌리에는 수술 전의 상황이 찰나적인 영상으로 쏜살같이 지나갔다. 박대강이와 물리적 충돌, 그리고 대형유리창이 내려오는 순간, 잘린 손목을 움켜쥐고 바닥에 나뒹굴었던 기억들이 되살아났다. 잘려 나간 자신의 오른 손목을 물끄러미 보던 사박이는 미칠 것 같은 마음과 착잡한 마음이 교차하면서 일어나는 혼란스러운 상황을 어찌할 줄 모르고 있었다.

그때 병실 문을 열고 박대강이 들어왔다. 순간 사박이의 분노는 폭발하는 뜨거운 용암처럼 치솟았다. 박대강이에 대한 분노를 삭이지 못하며 씩씩대고 있었다.

박대강이 먼저 들어오고, 뒤에 형사 2명이 따라 들어왔다. 형사들은 김사박에게 다가와 사박이의 절단된 손목을 살피더니,

"이놈이 이렇게 했단 말이지?"

하고 물었다.

"......."

김사박은 아무 말이 없었다.

다시 형사들이 물었다.

"자세하게 그때 상황을 말해 줄 수 있겠니?"

"......."

사박은 또다시 말이 없었다.

형사들은 박대강이를 쳐다보며,

"이 자식이 있어서 그러니? 그럼 이놈을 내보낼까?"

하더니, 다른 형사에게 데리고 나가라는 눈짓을 보내었다. 박대강이 수갑을 찬 채 다른 형사에게 끌려 나갔다.

병실에 남은 형사는 다시 김사박에게 물었다.

"김사박이라고 했지? 너의 진술이 가장 중요하단다. 그때의 상황을 자세하게 알려 주어야만 이번 사건에 대한 명확한 규명을 할 수 있단다."

김사박은 머릿속이 복잡해졌다. 복수심으로 인한 분노와 적개심으로 불같이 끓어오르는 감정, 그때의 정황과 자신이 과격한 행동을 하였다는 후회와 자신의 잘못된 행동으로 자신의 손목이 잘리게 된 상황들이 한꺼번에 몰려와서 커다란 혼돈의 소용돌이로 다가왔다. 김사박은 그 혼돈의 소용돌이 속에 빠진 채 말이 없었다.

"지금 말하고 싶지 않니? 다음에 올까?"

힉스

그 질문에 김사박은 반응하였다. 푹 숙이고 있던 고개를 들고 형사를 똑바로 쳐다보았다.

"아니요. 지금 말할게요."

사박은 그때의 정황을 자세하게 형사에게 말했다.

박대강이 자신의 손목을 그렇게 한 것이 아니고 자신이 과격한 행동을 하였고, 박대강이는 정당방위로 김사박 자신의 과격한 행동을 피하려고 했을 뿐이라고 했다. 그리고 덧붙여 자신이 장도리를 들고 휘두르다가 식당 대형 유리창에 망치가 닿으면서 그 유리에 자신의 팔목이 잘리게 되었다고 말했다. 모두 자신의 과오로 인한 사고였다는 것을 분명히 하였다.

소설『모모』속의 인물들이 모모에게 자신의 모든 속내를 얘기하면서 그동안 갇혀 있었던 감정에서 벗어나 스스로 이성을 찾아 자신의 현실을 판단하게 되는 것처럼 김사박도 형사에게 자신의 모든 사실을 얘기하면서 감정은 줄어들고 이성이 생각을 지배하게 되었다. 자신의 이런 상황은 모두 자신의 잘못으로 점철된 결과이며, 박대강이는 단지 자신이 분노로 일그러진 감정 폭발의 현장에 있었을 뿐이라는 것을 깨닫게 되었다.

형사는 그 모든 사실에 대하여 기록하더니, 말했던 사실이 확실하다면 그 기록 문서에 지장을 찍으라고 했다. 김사박이 지장을 찍고 창밖을 바라보자, 형사는 병실을 나갔다.

한참 후에 박대강이 수갑을 찬 채 혼자 들어왔다. 그리고 침대 가까이 오더니, 갑자기 박대강이 무릎을 꿇고 사박이에게 용서를 빌었다.

"사박아, 미안하다. 다 내 잘못이다."

무릎 꿇고 사죄하는 박대강의 모습에, 사박이의 분노는 용서라는 말에 섞여 들었다.

김사박은 조용히 자신의 내면을 들여다보았다.

'용서는 그를 위해 하는 것이 아니고 나를 위해 하는 것이다. 내 자신 스스로가 분노와 복수심에서 벗어나기 위함이다. 그래야 내 자신이 평정심을 찾고, 원래의 일상대로 돌아갈 수 있기 때문이다.'

그렇게 자신을 스스로 위안하며 박대강이를 용서하기로 마음을 다잡았으나, 납치된 아빠와 봉달이 생각을 떨쳐 버릴 수가 없었다. 그 생각에 용서보다는 복수심으로 감정이 변하였다. 그리고

'이놈을 용서하는 것은 내가 아니라 봉달이와 아빠만이 할 수 있다.'

고 생각했다.

박대강은 사박이가 진실을 말해 줘서 고맙다고 하였다. 그리고 함께 조폭들에게 납치된 사박이의 아빠를 찾으러 나서겠다고 약속했다.

그러나 사박은 박대강이 악수하자고 내미는 손을 받아 주지 않았다. 박대강이 악수를 청하려고 손을 내밀다가 겸연쩍게 웃으며 부끄럽다는 듯 내민 손을 뒤로 감추었다.

사박은 무릎 꿇고 앉은 박대강의 눈을 내려다보았다. 박대강의 눈과 마주치는 순간, 박대강이 사박이의 눈을 피했다.

"너, 봉달이 알지? 옥상에서 자살하려고 떨어진 김봉달 말이야!"

사박이는 갑자기 흥분하여 침대에서 벌떡 일어나려고 하였다. 그러나 잘려진 손목의 통증이 심하게 느껴져 왔다.

박대강이는 사박이의 질문에 매우 놀라는 표정을 지었다.

사박이는 다시 울부짖듯이 소리를 질렀다.

힉스

"내 친구 봉달이가 지금 어떻게 하고 있는 줄 알아?"

박대강이는 아무 말도 못한 채 고개를 푹 숙이고 있었다.

"너희 학폭들의 괴롭힘에 못 이겨서 세상을 떠나려다 지금은 식물인간이 되어 병원에 있다고……."

사박이는 납치되신 아빠와 식물인간이 되어 병상에 누워 있는 봉달이를 생각하며 울부짖었다.

박대강이 작은 목소리로 말했다.

"미안하다. 다 내가 잘못했다."

사박이 침대 옆에서 고개를 숙이고 있는 박대강이를 보면서 말했다.

"너, 봉달이한테 찾아가서 미안하다고 사과해라. 봉달이에게 사과하기 전에는 너를 용서할 수 없어. 알아?"

박대강이 말했다.

"알았어. 내가 지금 나가는 대로 봉달이에게 찾아가서 진심으로 미안하다고 사과할게."

박대강은 어깨를 축 늘어뜨린 채 형사들과 함께 병실을 나갔다.

사박은 병실 유리창을 세차게 때리며 쏟아지는 가을비를 바라보았다. 유리창에 부딪혀 흘러내리는 빗물이 이렇게 슬퍼 보일 수가 없었다.

납치된 아빠가 고통에 신음하며 어디선가 흘리고 있는 눈물이 유리창을 타고 흘러내리는 것만 같았다. 식물인간으로 병실에 누워 있는 봉달이가 엉엉대며 흘리는 눈물 같아 보이기도 했다.

사박이의 얼굴에도 유리창에서 투영된 것처럼 보이는 빗물이 흘러내리고 있었다.

김사박의 납치

낙엽이 뒹구는 가을은 어느덧 과거의 시간 속으로 굴러가 버렸다. 이즈음의 날씨는 인간이 더 이상 버티지 못하고 두터운 옷을 입게 만드는 겨울의 문턱을 넘어서고 있었다.

말할 때마다 입가에 하얀 입김이 새어 나오는 추운 어느 날, 박대강은 학교의 일진들을 소집하여 그들에게 사박이 아빠가 납치된 장소를 찾으라고 명령했다.

박대강은 자신의 학교뿐 아니라 다른 학교 일진들에게도 연락을 하여, 자신들을 도와달라고 청탁을 하였다. 수많은 학폭의 패거리들이 삽시간에 온 도시를 찾아 헤맸다.

김사박은 그들과 함께 아빠의 행방을 찾으려 동행했다. 잘린 팔의 끝 부분에 찬바람이 스며 오자, 절단된 피부의 모든 신경절을 타고 뼛속 깊숙이 아릿한 아픔이 전해져 왔다. 잘린 손목 부분을 다른 손으로 감싸 쥐었다.

손목에 장애를 입은 후 처음으로 맞이하는 겨울의 차가운 기운에, 사박이는 장애의 고통이 어떤 것인지 제대로 알아 가고 있었다. 사박이는 그

힉스

렇게 뼛속을 후비는 것 같은 고통을 참아 내며 일진들과 함께 움직였다.

그 결과, 학폭 패거리들이 알아낸 장소 중 가장 신빙성이 있는 장소에 일진들이 숨어들었다. 그곳에서 일진들은 조폭 몇 놈을 잡아서 김사박의 아버지가 있는 곳을 알아내려고 하였다.

붙잡힌 조폭들이 알려준 장소에 도착하자, 많은 조폭들이 각종 무기를 들고 기다리고 있었다.

조폭과 학폭의 집단 패싸움이 벌어졌고, 그곳에서 학폭들은 조폭들로부터 참혹한 패배를 맛보았다. 칼에 찔려서 피를 흘린 학폭, 눈동자가 터져서 진물이 얼굴 전체에 흘러, 피와 얼룩져 보기에도 흉하게 된 학폭, 배와 다리를 칼로 베여 피가 온몸을 적신 학폭, 팔이 부러져서 신음하는 학폭……. 차마 눈뜨고 볼 수 없는 광경이 펼쳐졌다.

사박이도 조폭들의 칼에 잘린 손목 부분을 찔려서 많은 피가 흐르고 있었다. 그러나 자신의 아픔보다 자신보다 더 많이 다친 학폭들을 위하여 이리 뛰고 저리 뛰고 있었다.

그때였다. 검정색 승합차 2대가 멈춰서더니, 5~6명의 조폭이 달려들어 김사박을 차에 태우고 쏜살같이 사라졌다.

눈앞에서 조폭에게 납치되는 사박이를 도와주지 못한 박대강은 울분을 참지 못하고 보이는 기물들을 모두 부수며 감정을 폭발하고 있었다.

그렇게 조폭들에게 당한 학폭들에게, 그 일은 그들을 더욱 단단하게 규합하는 계기가 되었다.

그래서 그들은 이제 더 이상 조폭들의 하수인에 머무르지 않고, 그들에게서 벗어나 당당하게 조폭들과의 전면전을 선포하였다.

Higgs

힉스와 감정파동 물질의 전이[*]

조폭들에게 납치되어 온 지도 벌써 일주일이라는 시간이 흘렀다.

그동안 조폭들은 힉스물질의 비밀을 알기 위해 갖은 수단을 동원하여 김철학을 협박하였다. 공갈 협박으로 안 통하자, 폭행과 고문으로 김철학의 앞니 두 개가 부러지는 일이 발생했다.

입술은 퉁퉁 부었고, 눈가에는 시퍼런 멍자국이 선명했다.

납치 8일째 되던 날, 조폭들이 백인과 흑인, 아랍인, 동양계 외국인으로 보이는 4인방과 함께 김철학이 갇혀 있는 방으로 들어왔다.

외국인 4인방은 조폭들에게 힉스물질을 어떤 목적으로 연구를 했는지 물었다. 통역사가 조폭들에게 전달하는 우리말을 함께 들은 김철학은 피식 웃으면서 말했다.

"인류의 평화를 위한 목적으로 만들었다고 전달해라!"

김철학의 말을 통역사가 외국인 4인방에게 전달하자, 외국인 4인방은

---

[*]전이(轉移) : 양자역학에서, 입자가 어떤 에너지의 정상 상태에서 에너지가 다른 정상 상태로 옮겨 감. 또는 그런 일.

고개를 가로저으며, 그런 엉터리 같은 대답 말고 구체적으로 어떤 연구를 했는지 알고 싶다고 전해 왔다.

김철학은 끝까지 힉스에 대해서 말하지 않았다. 이들에게 힉스에 대한 정보를 주는 순간, 인류는 악이 지배하는 세계에서 살아가야 한다고 생각했기 때문이다. 그래서 더욱더 이들에게 반항적인 모습으로 대했다.

그럴 때마다 김철학은 매우 심한 고통을 참아 내야 했다. 그는 이를 악물고 견디고 참아 냈다.

자신의 이런 고통쯤이야, 인류가 이들 악으로부터 받아야 할 고통에 비하면 아무것도 아니라고 생각했다. 그것이 지금 현재 자신이 지켜야 할 가장 커다란 가치라는 것을 김철학은 잘 알고 있었다.

그렇게 몇 날을 고통 속에서 참고 견뎌 왔건만 김철학에게 안 좋은 소식이 전해졌다.

자신을 감시하고 있던 조폭들이 김사박이 방금 전에 자신의 조직에 의해 납치되어 비밀장소에서 보호 중이라고 말한 것이다.

김철학은 그 소식을 듣는 순간, 가슴이 철렁 내려앉았다.

'사박이가 납치되었다면, 이제부터 어떻게 해야 하나?'

김철학은 커다란 혼돈 속으로 빨려들어 가기 시작했다.

무엇을 어떻게 해야 할지 깜깜했다. 괴로웠다. 자신의 육체적 고통보다 더 아프고 힘들었다.

그렇게 괴로워하는 김철학에게 그날 밤, 외국인 4인방이 찾아왔다. 그들은 최후통첩을 보내왔다.

"당신이 힉스에 대한 정보를 정확하게 알려 주지 않는다면, 당신이 알려 줄 때까지 당신 아들의 신체를 하나씩 절단하겠다."

김철학은 그 말을 듣는 순간, 온몸에 소름이 돋았다. 그리고 울부짖었다. 자신도 모자라서 아들까지 고통을 받게 해야 된다는 생각에 미쳐 버릴 것만 같았다. 한참을 말없이 있던 김철학은 마음을 추스르고 그들에게 말을 건넸다.

"우선, 내 아들이 살아 있는지 확인시켜 줘라. 그 확인이 끝난 후에 다시 얘기하자."

그들 중 흑인 외국인이 어디론가 통화를 하더니, 전화기를 김철학의 귀에 대었다. 전화기에서 아들 김사박의 떨리는 음성이 흘러 나왔다.

"아빠? 아빠, 어디 계세요? 몸은 괜찮으신 거죠?"

김철학은 아들이 자신도 납치된 상황에서 아빠를 걱정하는 소리에 눈물이 왈칵 쏟아졌다.

"사박아, 너는 괜찮니?"

"예, 아빠 저는 괜찮아요. 아빠도 괜찮은 거죠?"

김철학이 다시 말을 하려고 하자, 그들은 전화를 끊었다.

"자, 아들의 생사가 확인되었으니, 어떻게 할 거냐?"

윽박지르듯이 물어오는 외국인 4인방의 물음에 김철학은 대답을 못했다.

그러자 그들 중 우두머리인 듯한 노란 머리의 백인 외국인이 알아듣지 못하는 외국어로 몇 마디 했다. 이윽고 통역사가 말해 주었다.

"오늘 밤까지 대답을 안 주면 당신 아들 팔 하나를 잘라 버리겠다고 한다."

김철학은 그 소리를 듣는 순간 까무러칠 것 같았다. 그들은 김철학에게 더 이상 말하지 않고 모두 그 방에서 나가 버렸다.

그들이 모두 나간 방 안에 홀로 남겨진 김철학은 이 상황을 어떻게 벗

힉스

어나야 할지 난감했다.

김철학은 결심을 해야만 했다. 그러나 가장 현명한 결심을 해야 했기에 무척이나 어려웠다. 자신의 지금 판단 하나가 아들과 인류를 굉장한 곤경에 빠뜨릴 수 있기 때문이었다.

김철학은 냉정해지자고 다짐했다. 냉철하게 판단하여야 하는 가장 중요한 순간이라는 것을 김철학은 잘 알고 있었다. 이 일은 하늘의 신도 도와줄 수 없는 상황이며, 오직 자신의 의지로 헤쳐 나가야 하는 상황이라는 것을 계속하여 다짐하면서, 묘안을 찾아내려고 갖은 애를 썼다.

그들이 다시 찾아왔다.

김철학은 부들부들 떨고 있었다. 너무 긴장하여 입술은 바짝 말랐고, 입은 바싹 타들어 갔다.

외국인 4인방 중 아랍인이 말한 것을 통역사가 통역해 주었다.

"결정했으면 힉스에 대한 모든 정보를 알려 달라고 한다. 지금 당장."

김철학은 바싹 마른입에 고인 침도 없는데도 침을 꼴깍 삼키면서 말을 했다.

"내일 아침에 답을 주겠다."

통역사가 그대로 아랍인으로 보이는 외국인에게 말을 하자, 아랍인의 표정이 험악하게 돌변하더니, 전화기를 꺼내 들었다.

김철학이 놀라서 다시 말을 했다.

"안 돼! 말할게!"

통역사의 말을 듣고 외국인 4인방이 흐뭇한 미소를 띠며 턱짓으로 지시를 했다. 그러자 졸개 외국인들이 녹음기와 필기도구를 준비하고 책상과 의자를 준비했다.

김철학은 덜덜 떨면서 말했다.

"한 시간만 더 달라고 해라. 내가 준비할 시간이 필요하다."

통역사의 말을 듣고 동양인처럼 생긴 외국인이 뭐라고 말했다.

그러자 그 방의 모든 사람들이 밖으로 나갔다. 그리고 아랍인이 한마디 했다.

"딱 1시간 주겠다. 그때 제대로 된 정보가 없으면, 당신 아들 손목부터 잘라 버리겠다."

그들이 나간 후, 김철학은 냉정을 찾자고 계속 되새김 하였다.

그리고 이런 절대절명의 위기 순간에서 불안감에서 벗어나 자신을 내려놓고자 노력하였다.

성인들이 그랬듯이 자신의 이기심과 불안과 고통을 모두 벗어 던지고, 관찰자의 입장에서 자신을 바라보고자 노력하였다. 자신의 지금 입장을 제3자의 입장에서 바라보아야만 냉철한 판단을 내릴 수 있다고 생각하였다. 그리고는 눈을 감고 사물놀이를 머리에 떠올렸다.

장구소리가 심장을 두드리고, 북소리가 어우러져 내면의 세계까지 두드린다. 꽹과리의 째질 것 같은 타격음이 뇌파를 자극한다. 그 안에 간헐적으로 들려오는 징의 울림은 내면 깊숙이 울림을 전한다. 느리다가 숨이 턱에 차도록 빠르게 타격하는 음이 불안과 혼란에서 일탈하게 한다.

모든 소리의 멈춤.

숨이 멎는다.

정적……

보인다.

고통과 불안에 어쩔 줄 몰라 하는 자신의 모습이 보인다.

김철학의 간절한 소망과 노력 덕분에 자신의 현재 모습을 관찰자의 입장으로 바라볼 수 있게 되었다.

자신의 측은한 모습을 바라보면서 김철학은 더욱더 냉정해질 수 있었다. 현재의 상황에서 자신이 해야 될 일이 무엇인지 판단할 수 있게 되었다. 지금껏 자신이 힉스물질의 파워를 키우기 위해 이집트 피라미드까지 다녀온 이유가 무엇인가? 이런 악의 무리들을 순화시켜 평화로운 세상을 만들기 위한 것 아니었던가. 김철학은 그렇게 자신을 바라볼 수 있게 되고, 자신의 속내를 관찰자의 입장에서 보게 되었다.

그 결과, 자신이 지금 해야 할 일이 분명해졌다.

한 시간 뒤, 그들이 돌아왔다.

김철학은 통역사를 통하여 한 가지 제안을 하였다.

"지금 내가 진행하고 있던 힉스 연구는 힉스물질에 감정을 이입하는 일이고, 그것을 식물과 동물에 주입하여 외부에서 인위적으로 그들 내부의 감정을 조정할 수 있는 시스템을 개발해서 병충해에 잘 견디는 농작물, 병원균에 잘 견디어 내는 우수 품종을 개발하는 것이라고 전달해라. 그리고 그 실험의 결과를 지금 이 자리에서 보여 줄 수 있다고 전해라."

김철학의 말을 통역사를 통해서 전해 들은 외국인 4인방은 매우 놀라는 눈치였다. 한참을 알아듣지 못하는 외국어로 일당들과 회의를 하던 외국인 4인방이 통역사를 불렀다. 자신들이 무엇을 준비해 주면 그 실험을 보여 줄 수 있냐는 것이었다.

김철학은 말했다.

"우선 손발 묶인 것을 풀어 주고, 내가 납치됐을 때 가지고 온 가방들을 이 방으로 옮겨만 주면 된다고 전해라."

김철학의 말을 전달받은 외국인 4인방은 통역사에게 전달했다.

오늘은 안 되고, 자신들의 상부에 보고를 해서 답을 주겠다고 했다. 그리고 그들은 조폭들과 함께 방을 나가면서 김철학을 묶지 말고 자유롭게 해 주라는 지시를 내렸다.

김철학이 냉철하게 생각한 결과 내린 판단은 조폭과 외국인 4인방에게 힉스를 전이시켜 인체 실험을 해 보는 것이었다.

인간에게만 할 수 없었던 임상 실험을 아들과 자신이 납치된 상태에서 조폭들을 대상으로 임상실험을 하고자 하였다. 절대절명의 최악의 위기 상황을 전화위복의 계기로 삼고자 하였다.

그들에게 정보를 알려 주어도 인류를 악의 지배하게 놓이게 하는 것이라면, 살아도 산 것이 아니라고 판단하였다. 그래서 내린 결론은 이들을 임상실험 대상으로 하는 것이었다.

실험에 성공하면 아들과 자신이 자유를 얻을 수 있고, 만약 실패한다고 하더라도 이들에게 정보를 주는 것보다는 죽음을 택하는 것이 현명하다고 최종 판단을 내린 것이다. 김철학은 마음의 준비를 단단히 하였다.

납치 10일째 되던 날, 아침 일찍이 백인, 흑인, 아랍인, 동양인으로 구성된 외국인 4인방과 조폭 보스들로 보이는 남자 2명, 그리고 그들을 수행하는 듯한 외국인들과 조폭들 10여 명이 김철학이 감금된 방으로 찾아왔다.

그들은 김철학이 말했던 실험이 위험한 실험인지 질문을 하였다. 아무런 위험도 없는 안전한 실험이라는 김철학의 대답을 들은 그들은 바로 실험 과정과 결과를 보자고 하였다. 그러면서 허튼수작을 하면 아들의 신체를 절단하는 것이 아니라 바로 목을 잘라 버리겠다고 위협하였다.

외국인 4인방은 실험하는 장소를 벗어나 모니터로 실험장면을 보겠다고 다른 방으로 가고, 조폭 보스들과 그리고 수행하는 졸개들 앞에서 실험을 시작하였다.

힉스물질 전이 장치와 힉스 감정파동 장치를 동시에 작동시켰다. 험상궂은 얼굴로 실험과정을 지켜보고 있는 조폭 보스들과 졸개들의 얼굴은 긴장감으로 가득하여 더욱 눈빛이 날카로웠다. 그러나 힉스물질이 그들이 알 수 없는 상태로 그들에게 전이되고 감정파동이 전해지자, 그들의 긴장된 얼굴에서는 미소가 번지기 시작했다.

김철학은 그들의 미소를 보면서 속으로 '성공이야. 성공!'을 외쳐 댔다.

실험이 끝났음을 알리는 신호를 보내자, 모니터로 실험 광경을 보고 있던 외국인 4인방이 방으로 들어왔다. 그들은 미소를 머금은 조폭들을 이상하다는 표정으로 쳐다보았다.

그들은 실험의 결과를 물었다. 그러나 그들도 조폭들에게 전이되었던 힉스물질의 자가 증식에 의하여 힉스물질과 감정파동에 전이되어 안면에 미소를 띠우기 시작했다.

그 방 안의 모든 사람들은 웃기 시작했다. 김철학도 전이되어 아주 기분 좋게 웃었다.

"아하하하!"

"껄껄껄!"

"우헤헤헤!"

탈출

　조폭들의 감정이 힉스 감정물질에 의하여 아주 기분 좋은 감정으로 변화되자, 그들의 행동과 표정이 달라졌다. 항상 긴장되어 심각한 표정을 짓고 있던 조폭들의 표정에 미소가 가득 퍼지고, 사소한 농담으로도 큰 소리로 웃음을 터뜨렸다.

　그들의 행동 변화에 김철학은 자신과 아들 김사박이 힉스 감정물질의 개발에 성공했다는 것을 확신할 수 있었다. 이런 기쁜 소식을 아들 김사박에게 빨리 알리고 싶었지만, 현재는 자신과 아들 모두 조폭들에게 감금되어 있었다는 사실을 새삼스럽게 깨달았다. 연구의 성공에 자아도취되어 자신과 아들이 조폭들에게 감금되어 있었다는 사실조차도 잊어버릴 정도로 흥분했던 것이다.

　김철학은 조용히 눈을 감고 명상하기 시작하였다. 그리고 명상이 끝나고 자신이 지금 해야 할 일들을 머릿속으로 정리하기 시작했다.

　우선 이곳에서 벗어나 아들 김사박을 먼저 구해야 했다. 두 번째는 힉스 감정물질의 증폭 실험을 완성해야 한다는 것과 아무도 모르는 곳으로 숨어서 실험이 완성될 때까지 그 비밀을 지켜야 한다는 것이었다.

  김철학은 자신의 모든 짐들을 챙겼다. 그리고 자신이 지금 감금되어
있는 곳의 우두머리를 찾았다. 그와의 대화에서 자신은 할 일이 많은 사
람이니, 이만 자신을 풀어 주고 자신이 필요한 일이 있으면 연락하라며
전화번호를 주었다.

  우두머리는 잠시 어디론가 전화를 하더니, 고개를 절레절레 흔들었
다. 안 된다는 것이었다. 김철학은 자신이 직접 통화하겠다고 했다. 우
두머리가 다시 전화기에 말을 한 후, 김철학에게 전화기를 주었다.

  김철학은 미리 준비한 감정파동 물질의 전이 장치를 풀었다. 그리고
통화를 시작하면서 전이 버튼을 강하게 눌렀다. 그리고 상대방과 통화
를 시도하였다. 상대방은 처음에는 아무 데도 못 간다고 하더니, 금방
김철학을 풀어 주겠다며 감정이 변화하였다.

  김철학은 우두머리에게 전화를 다시 바꾸어 주었다. 우두머리는 전화
기 상대와 잠깐 대화를 나누더니 금방 껄껄거리며 웃었다. 그리고 통화
를 끊은 뒤, 김철학에게 공항에서 납치되어 올 때의 짐과 함께 집까지
데려다 주겠노라고 약속하였다.

  전화 통화를 통하여 힉스물질 없이 감정파동의 전이 성공을 확인한 김
철학은 다시 그에게 부탁을 하였다. 마지막으로 납치된 아들과 통화를
하고 싶다고 하였다.

  우두머리는 어디론가 전화를 하더니, 그쪽에서 알려 준 번호인 듯 천
천히 전화번호를 눌러서 통화를 시도하였다.

  "아, 나 김탁배다. 누구냐?"

  신원을 확인한 우두머리는 용건을 말했다.

"어, 그래, 너 거기 붙잡아 온 애 있지? 그 아이 전화 좀 바꿔 봐라!"

한참 후에 전화를 김철학에게 전해 주었다.

"사박이니?"

전화기를 통화여 사박이의 목소리가 반갑게 들려왔다.

"사박아, 조금만 참아라. 힘들었지. 지금부터 아빠가 하는 말 잘 들어라!"

"……."

"사박아, 지금 너와 내가 전화가 없으니, 나중에 풀려나게 되면 아빠 사무실 전화로 전화를 해라. 그렇게 알고 있고, 지금 네 옆에 있는 아저씨 좀 바꿔 줄래?"

김철학은 얼른 감정파동 물질을 전파하기 위한 준비를 하였다.

그리고 김사박을 감금하고 있는 조폭과 통화를 하면서 감정파동 전이 장치의 버튼을 강하게 눌렀다.

"아, 수고하십니다. 내가 김사박 아빠인데 우리 아이 다치지 않게 잘 좀 부탁합니다."

그쪽에서 걱정하지 말라는 말과 함께 껄껄대며 웃는 소리가 들렸다. 김철학은 감정파동이 제대로 전파되었음을 감지할 수 있었다.

그러나 한편으론 걱정이 되었다. 아들 사박이가 힉스물질 없이 감정 파동만 전파된 상태에서는 일정 시간 정도만 감정을 순화시킬 수 있다는 사실을 빨리 알아채어야 하는데, 만약 사박이가 그것을 눈치 채지 못한다면 또다시 기회를 만들기 어렵다는 것을 김철학은 걱정하였기 때문이었다.

아빠와의 전화 통화를 하던 조폭이 웃는 것을 본 김사박은 조금 의아

힉스

했지만, 순간적으로 아빠의 실험이 성공했다는 것을 어림짐작으로 알
수 있었다. 김사박은 웃으며 통화를 끝마친 조폭에게 말을 걸어 봤다.

"아저씨, 뭐 좋은 일 있으세요?"

조폭은 계속해서 웃으며 말했다.

"아니, 너희 아빠 왜 그렇게 웃기냐. 너희 아빠와 통화하고 나니까 굉
장히 즐거워지네!"

김사박은 조폭의 눈치를 살피다가 다시 말을 걸었다.

"아저씨, 저 바깥바람 좀 쐬게 해 주면 안 돼요?"

조폭은 빙그레 웃으며

"그동안 갑갑했구나? 알았어. 기분도 좋아졌는데 내가 바람 좀 쐬게
해 줄게."

조폭은 김사박을 데리고 밖으로 나갔다. 밖으로 나온 김사박은 깜짝
놀랐다. 자신이 외딴 곳에 감금되었다고 생각했는데, 도심 속의 빌딩가
골목길에 나와 있었던 것이었다. 간판에 새겨진 이름으로 보아서 이곳
이 대충 어느 곳인지 짐작할 수 있었다.

간판들은 모두 모텔과 술집 이름들뿐이었다. 김사박은 자신이 도심
의 유흥가 밀집 지역의 어느 빌딩 지하에 감금되어 있었다는 것을 짐작
할 수 있었다.

김사박은 다시 한 번 용기를 내어서 음료수를 먹고 싶다고 말했다. 조
폭은 순순히 편의점으로 김사박을 데리고 가서 음료수를 고르게 하였
다. 김사박은 음료수를 고르면서 밖을 쳐다봤다. 그때 편의점 밖에 박
대강과 박대강의 패거리들이 지나가는 것이 보였다. 김사박은 쏜살같
이 편의점 밖으로 달려 나갔다. 김사박의 돌발행동에 깜짝 놀란 조폭은
김사박을 잡으려고 빠르게 쫓아왔다. 사박은 편의점 밖으로 나오자마자

박대강이를 불러댔다.

"박대강! 박대강! 도와줘!"

박대강과 박대강의 패거리들이 뒤돌아섰다. 그리고 팔목에 붕대가 감긴 김사박을 발견하고는 부리나케 달려왔다. 조폭과 박대강의 패거리들의 한바탕 몸싸움이 벌어졌다. 수적 기세에 밀린 조폭이 도망가자, 박대강은 김사박을 택시에 태워서 같이 도망쳤다.

한편 김철학은 우두머리에게 출국할 때 차를 주차하였던 인천공항으로 태워달라고 하였다.

김철학의 요구대로 그들은 착하게 움직였다. 그들은 그들이 그렇게 착하게 변한 것에 대하여 생각하지 못하였다.

당분간 그들은 그렇게 원래부터 착한 것처럼 살아갈 것이다.

감정의 파동의 파워가 유지되는 동안은…….

힉스

아빠와 아들의 해후

인천공항 주차장에 내린 김철학은 이집트에서 올 때의 그 모습 그대로 자신의 자동차가 주차되어 있는 곳으로, 마치 아무 일 없었다는 듯이 걸어갔다.

그리고 쏜살같이 공항을 벗어났다. 혹시 조폭들이 미행하지 않나하는 걱정으로 조금은 긴장되기도 하였다.

김철학은 우선 자신의 개인 사무실로 왔다. 사무실은 자신이 정리한 그대로였다. 아무도 침입한 흔적이 없어 보여 안심이 되었다. 사무실 창문을 통하여 건물 밖의 동정을 살폈다. 2시간 정도가 흘렀는데, 수상한 사람들은 보이지 않았다.

그때 사무실 전화벨이 울리기 시작했다. 전화기를 통하여 들려온 목소리는 아들 김사박이었다.

"예, 아빠. 사무실에 계세요?"

"응, 그래 너는 어디니? 그곳에서 탈출했니?"

"예, 아빠. 나는 지금 병원이에요."

김철학은 깜짝 놀랐다. 탈출했다는 말에 감사하기는 했지만, 갑자기 병원에 있다고 하는 이야기를 듣자 가슴이 철렁하고 내려앉았다. 혹시나 아랍인들이 아들의 몸에 나쁜 짓을 한 것은 아닌지 염려되었다.

"왜? 무슨 일이야?"

"……."

김사박은 한 동안 말을 하지 못했다. 어떻게 대답을 해야 할지 몰랐다. 어떻게 대답을 해야지 아빠가 많이 놀라지 않으면서, 현재의 상황을 잘 설명할 수 있는지 혼란스러웠다.

그러자 김철학이 걱정스러운 목소리로 다급하게 말을 했다.

"사박아, 무슨 일이 있었던 게구나?"

김사박은 마음을 가라앉히고 차분히 얘기했다. 자신이 흥분하면 아빠는 더욱 놀랄 것 같았기 때문이었다.

"아빠, 병원에 와서 얘기해요."

허겁지겁 병원에 도착한 김철학은 아들이 입원해 있는 병실 문을 열었다. 순간 김철학의 눈에 아들 김사박이 오른손에만 붕대를 감고 있는 모습이었다.

김철학은 마음속으로 그렇게 걱정했던 것보다는 심각한 상황이 아니라 안심된다는 표정이었다.

김사박은 아빠의 초췌해진 모습과 얼굴의 상처들을 보면서 그동안 아빠가 겪었을 고통스러운 장면들이 그 고통 그대로 아픔으로 밀려드는 것 같아 울음을 터뜨렸다. 김철학은 울면서 자신의 품에 안긴 김사박의 등을 토닥여 주다가 자신도 모르게 흐르는 눈물을 주체할 수 없었다.

두 사람은 한동안 그대로 있었다.

힉스

김철학이 눈물을 거두며 아들의 붕대감긴 팔을 살며시 만져 보는 순간, 김철학의 얼굴은 새파랗게 질려 버렸다. 아들의 오른쪽 팔에 손은 없고 손목만 남아 있었기 때문이다.

"사박아, 이게 어찌 된 일이냐? 그놈들이 이렇게 한 거냐?"

김사박은 당황한 아빠의 얼굴 표정을 보고, 아빠의 손을 잡았다.

"아니에요. 아빠. 괜찮아요."

김사박의 아무렇지도 않다는 무뚝뚝한 대답에 김철학은 화가 났다.

"뭐가 괜찮아! 이 손이 어떻게 된 것이냐고?"

김철학이 크게 소리치는 바람에 병실의 다른 환자들이 모두 쳐다봤다.

김사박은 조용히 아빠를 달래듯이 말하였다.

"아빠, 다 내 잘못으로 이렇게 된 거야. 그러니까 화만 내지 마시고 천천히 내 얘기를 들어 보세요."

김철학은 할 말을 잃었다.

"……."

아들 김사박에게 그동안의 상황을 들은 김철학은 눈물을 흘렸다.

자신을 구하기 위해 아들 김사박이 오른손까지 잃어 가며 고생했다는 사실과 아들이 장애인이 되었다는 사실에 울음을 멈출 수 없었다.

이 모든 것이 자신으로 인해서 생긴 일이라는 것이 김철학을 더욱 슬프게 하였다.

힉스의 증폭 실험

첫눈이 온 누리에 새하얗게 내린 날, 김사박 부자의 거대한 제작물이 설치되기 시작했다.

이집트 피라미드의 효과를 실험을 통하여 알게 된 김사박 부자는 인공적인 피라미드 구조체를 제작하기로 하였다.

이른 아침부터 용접기의 불꽃이 새파랗게 뿜어져 나오고, 간간히 이어지는 망치소리가 고요한 산중에 크레인의 시끄러운 굉음과 함께 울려 퍼졌다.

피라미드 모형을 세우기 위해 다각도로 고심하였다.

우선 3개의 대 · 중 · 소 피라미드에서 가장 안쪽의 작은 피라미드를 만들기 위해 4개의 피라미드 빗변 기둥을 2대의 크레인을 동원하여 서로 마주보는 빗변끼리 꼭짓점을 일치하게 설치하고, 나머지 2개의 빗변을 먼저 세워진 꼭짓점에 일치하도록 설치하도록 계획하였다.

그러나 그것은 지면에서의 접합점과 지상에서의 꼭짓점을 맞추는 작업이 어려울 수 있다는 크레인 기사의 경험에 의한 충고를 받아들여, 처음에 세웠던 계획을 취소하였다. 그리고 김사박은 즉석에서 다른 대안을 제시하였다.

피라미드의 빗면 삼각형 2개를 지상에서 제작하여 그 2개의 삼각형을 마주보게 하여 꼭짓점을 일치시키게 하였다. 그리고 2개의 삼각형이 만들어 낸 여백에 자연스럽게 만들어진 삼각형 밑변을 같은 길이로 이어 주면 간단하게 피리미드가 완성되었다.

그러한 방법으로 중간 피라미드 구조물을 설치하고, 마지막으로 가장 바깥쪽의 대형 피라미드 구조물을 안전하고도 정확하게 설치할 수 있었다. 피라미드 3개의 꼭짓점이 정확히 수직으로 일치하는 것을 확인하는 것으로 피라미드 구조물 설치 작업이 완벽하게 이루어졌다.

김사박은 크레인 기사들에게 위치를 지시하면서 가끔씩 잘려진 팔목을 외투 안쪽으로 넣어 겨드랑이에 파묻곤 하였다. 잘려 나간 팔목의 모든 신경이 얇은 피부에 노출되어 영하의 기온이 피하지방을 거치지 않고 그대로 손목뼈를 통해 전달되는 느낌이었다. 날카로운 찬 기운이 시리도록 뼛속으로 스며드는 그런 아픔이 김사박을 몸서리치도록 고통스럽게 만들었다.

그런 사박을 지켜보는 김철학은 대견스러움과 안쓰러움이 혼재된 감정을 심장 깊숙이 아릿하게 느낄 수 있었다.

풍수지리학적으로 땅의 기운이 가장 왕성한 부분을 포인트로 하여, 그 포인트의 상공을 피라미드의 꼭짓점이 위치하게 하였다.

피라미드 형체는 피막을 두껍게 입힌 H빔 구조물로 설치하였다. H빔 철구조물에 피막을 두껍게 입힌 이유는 칼 드르발의 면도날 재생실험의 결과를 1950년 독일의 본(Born) 교수와 레르테스(Lertes) 교수가 이론적 사실을 발표하면서 알려진 대로 모형 피라미드는 반드시 부도체 재료로 만들어야 효과가 있다는 것 때문이었다.

특히 검정색으로 피막을 입힌 이유는 검정색은 모든 빛을 흡수하는 것에 착안하여 모든 색의 기를 흡수하여, 다소나마 기의 증폭에 기여하지 않을까 하는 이유 때문이었다.

그렇게 대형 피라미드를 제작하고, 그 안에 또 다른 피라미드를 설치하고, 또 그 안에 3번째 피라미드를 더 설치하였다.

물론 이집트의 피라미드 방향처럼 구조물의 피라미드의 두 면은 정남북방향을 향하게 설치하였다. 그것은 피라미드뿐만 아니라, 강화도 참성단의 기단이 동서남북 방향에 맞추어 세워진 것과 자오선(Meridian, 子午線)이 천체의 방위각, 시각을 측정하는 기준이 된다는 점에서 남북 방향은 지구상의 기의 흐름과 관련되어 있다고 가정하여, 피라미드 가설물의 방향도 동서남북을 기준으로 설치한 것이었다.

피라미드 가설물 안의 피라미드에서는 원래의 한 개 피라미드에서 보였던 기가 2개의 피라미드에서는 기가 분산되는 것을 알았고, 3개의 피라미드를 정확한 위치에 설치한 후 가장 작은 3번째 피라미드의 꼭짓점(외부의 대형 피라미드의 지상에서 3분의 1 지점이 되는 곳)에서 얻을 수 있는 기를 측정하였더니, 놀랍게도 30배가 넘는 기가 측정되었다.

피라미드 구조물에 의한 기 증폭 실험은 그야말로 대성공이었다.

힉스의 기 증폭 실험을 성공한 김철학과 김사박 부자는 얼싸안고 눈물을 흘렸다. 그것은 실험의 대성공에 대한 흥분도 있었지만, 그동안 힉스 감정파동의 동물 전이의 실패, 기 증폭 실험을 하기 위해 고생했던 일, 자신들의 납치 사건, 김사박이 오른손을 잃어버려 장애를 입은 일 등 많은 일들이 주마등처럼 뇌리를 스쳐 지나갔기 때문이었다.

　김사박은 울면서 아빠를 쳐다보았다. 김철학은 두 눈을 꼬옥 감고 눈물을 흘리고 있었다.

　그런 아빠를 보면서 김사박은 아빠가 살아계신 것만으로도 감사하다는 말을 해드리고 싶었다. 김사박은 아빠의 허리를 꼬옥 껴안았다. 김철학은 아들이 허리를 힘차게 껴안는 것을 느끼고 자신도 아들을 더욱 세차게 끌어안았다.

　두 사람은 그렇게 말없이 한동안을 끌어안고 있었다.

　맑은 하늘의 태양은 설경이 펼쳐진 산자락에 강하게 비추고 있었다.

　새하얀 눈의 입자들이 태양 빛의 입자들과 만나서 산란하는 입자로 변화하는 모습이 강렬한 반사 빛으로 하얗게 온 누리에 번지고 있었다.

　그 안에 태양의 반사 빛이 침범하지 못하는 공간이 있었다. 그곳은 검은 색의 거대한 피라미드 모형이 자리를 잡고 있는 공간뿐이었다.

　그곳은 또 다른 기운의 움직임이 느껴지는 곳이었다.

　하얀 화선지 위에 큰 붓으로 진한 먹을 찍어 한 획에 산을 그려 놓은 것 같은 풍경이었다.

　작은 산과 그보다 더 큰 산 그리고 뒤에 보이는 큰 산이 하얀 자연의 화폭 위에 그려져 있었다.

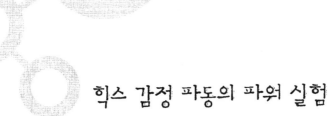

힉스 감정 파동의 파워 실험

실패를 경험해 본 김사박 부자는 더 이상의 예상치 않은 실패에 대비하기 위하여 증폭된 힉스물질을 식물과 동물에 다시 확인 실험해 보았다.

식물과 동물에 각각의 감정파동을 전파하고 그 결과값을 확인한 결과, 만족스러운 결과가 도출되었다. 그리고 식물과 동물에 동시에 감정파동을 전파하여 같은 감정파동에 같은 감정의 결과값이 도출되는 것을 확인하였다.

힉스의 전이와 감정파동이 어떤 교란 장치를 하였어도 모두 정상적으로 전이되는 것으로 확인되었다.

김사박은 그것이 성공하였다고 하여도 불만이 있었다. 그래서 자신의 아빠인 김철학에게 강하게 어필하였다.

"아빠, 식물과 동물에게 같은 감정파동을 전파하여 동시에 비슷한 결과값이 나오는 것은 인정해요. 그러나 어떤 순간에는 식물과 동물에게 각각의 감정파동을 전파할 수도 있잖아요? 더불어, 지역적으로도 한정지어서 전파할 수 있는 경우를 대비하여 파동값을 달리하여 전파하는 실험을 병행하였으면 좋겠는데요."

김철학은 아들의 말을 듣고, 준비해 두었던 답처럼 즉시 대답하였다.

"사박아, 너의 말도 일리가 있어. 하지만 우리처럼 과학적 지식도 짧은 사람들이 완벽한 연구와 실험을 한다는 것은 한계가 있다고 보인다. 물론 너의 주장처럼 동물·식물·광물·바이러스 등등의 각 종별 감정파동을 분류하여 전파하는 연구를 해야겠지만, 지금은 감정파동이 신속하게 정확히 전달되는지 그 연구에 우선 점을 두어야 한다고 생각한다. 그것이 성공적으로 이루어진 이후에 너의 주장에 따른 연구를 계속 진행해 보자. 무엇을 가장 먼저 해결해야 하는지 우선적 가치를 확실히 할 필요가 있지 않겠니? 이것저것 모든 가치에 관점을 두는 것은 맞지만, 그 모든 것을 모두 해결하기에는 모든 여건이 녹록하지 않구나. 인정하지?"

김사박은 아빠의 말을 들으며 곰곰이 생각하였다.

"그래요. 아빠, 제 생각이 너무 앞서 갔던 것 같아요. 어떤 한 가지라도 확실하게 선택, 집중하여 성공하는 것이 우선 과제라고 봐요. 제 생각이 너무 짧았어요."

김사박의 겸연쩍은 표정을 지켜보는 김철학의 마음은 매우 만족이었다. 그런 아들이 있어 행복하였다.

그러나 한 가지 의문이 생겼다. 지금 실험실에서 하는 실험과 전 세계적으로 확산시키려는 것과의 차이점에 대한 의문이었다. 과연 예상하는 대로 광범위한 지역에 신속하게 확산시킬 수 있을까?

이런 의문에 빠지자, 두 사람은 괴로워하기 시작했다. 자신들의 과학적 지식의 한계를 느끼기 시작했다.

물리 샘에게 SOS 메일을 보냈다. 박사임 샘은 컴퓨터 앞에 계셨는지,

바로 답신이 왔다.

　　To. 사랑하는 사박에게
　　사박아, 힘들지?
　　거의 완성단계에서 그런 의문을 가졌다는 것에 선생님은 무척
놀라웠단다.
　　어떻게 과학자의 길을 한 번도 걸어 보지 않은 일반인 신분의
사박이와 아버님이 그런 추론을 했다는 것에 경의를 표하지 않
을 수 없구나!
　　아무튼 늦게나마 의문점을 발견하였고, 나도 그에 대한 생각에
잠시 고민하던 중에 메일을 받고 보니, 아마도 우리는 이심전심
으로 통하는 무엇인가가 있나보다. 안 그래? 대답 안 하지? (농담)
　　이 부분은 내가 이전에 소개한 UR대학의 정명진 교수님을 찾
아가 보렴. 아마 그분이라면 이 문제에 대한 해답을 주시리라 생
각한다. 본인이 해답을 못 주시면, 그 해답을 줄 수 있는 다른 분
을 주선하시든가 아니면 그 해답을 찾기 위한 프로젝트 팀을 꾸
려서라도 답을 주실 것이다.
　　꼭 그 해답을 찾아서 사박이와 아버님이 원하던 연구가 성공하
길 바란다. 멀리서 선생님이 간곡하게 기도할게.

　　UR대학에 정명진 교수를 찾아간 김사박 부자는 깜짝 놀랐다. 정명진
교수라는 분은 박사임 샘이 결혼하던 날, 뷔페식당에서 박사임 샘 친구
들과 대화를 나누던 왜소한 체구에 눈빛이 장난 아니게 반짝이던 남자,
바로 정박사라 불리던 그분이었다.

　　　　　　　　　　　　　　　　　　　　　　　　힉스

김사박 부자는 정명진 박사와의 면담과 박사의 메일 자료에서 해결 방법을 찾아 실험하고자 노력하였다. 힉스물질을 다른 어떤 것에도 간섭받지 않고 지구 반대편까지 전이시킬 수 있는 정명진 박사의 추천 이론 중에서 가장 눈에 끌리는 대목이 있었다.

뫼스바우어효과에 의한 감마선의 응용 방법이었다.

뫼스바우어효과란 어떤 종류의 결정(結晶)이 특수한 조건 아래
서는 되튀지 않고 감마(γ)선이 방출되어 같은 종류의 원자핵에
의하여 공명 흡수되는 현상을 말한다.

이 효과는 57Fe, 191Ir 등 수십 종의 방사선 동위 원소에 있어
서 감마선의 방출과 흡수의 양면에서 볼 수 있다.

고체 물리학 연구에 응용할 뿐 아니라 진동수를 시간 측정에 이
용하여 일반 상대성 이론의 검증에 사용된다. 특히 감마선은 에
너지가 크고 파장이 훨씬 짧으며, 물체를 투과하는 능력이 강하
다는 특징이 있다.

김사박 부자는 감마선의 파장을 피라미드 구조체에서 강한 기의 힉스물질에 결합하는 방법을 모색하였다. 또한 감마선이 전자기파의 일종이므로 주변의 매질에 영향을 받지 않아, 어떤 물체에도 막히지 않고 바로 그 물체를 투과하여 원하는 목적지까지 가장 빠른 속도로 강력하게 전송할 것이라고 확신하였다. 또한 감마선의 큰 에너지값이 배가되어 전하고자 하는 정보가 다른 방해요소들로부터 왜곡되거나 변형되지 않을 것이란 확신도 있었다.

김사박 부자의 밤낮을 가리지 않는 30여 일간의 연구 결과, 흡족한 결과를 얻었다고 확신했다.

힉스물질의 파워가 한층 강력해졌고, 힉스물질과 융합된 감정파동 복합체가 완성되었으며, 그 감정파동을 가장 빠른 속도로 어떠한 물질에도 방해를 받지 않고 더 멀리 전이시킬 수 있게 되었다.

이제 남은 과제는 그 결과값의 성공 여부를 확인하는 것이었다. 우선 미국에 있는 박사임 샘에게 전화를 하고, 실험 방법에 대한 메일을 보내었다.

To. 박사임 샘

샘, 지금 우리 부자는 그동안 염려해 왔던 모든 것에 대한 해답을 얻고 그 결과값을 실험하려고 합니다.

샘의 동참이 필요합니다. 우선 샘의 집에서 시들어 가는 꽃 화분 몇 개를 샘의 거실에 놓아 주세요.

그리고 내일 아침에 우리가 30분 간격으로 다른 감정파동 4개를 전파합니다. 그때의 식물 변화를 우리에게 알려 주시기 바랍니다.

그 식물의 상태에 따라 우리의 원거리 실험이 성공했는지 확인할 수 있습니다.

감사합니다.

다음날, 아침 일찍이 박사임 샘으로부터 한 통의 전화가 왔다.

"사박아, 어제 시들었던 꽃들이 모두 싱싱함으로 살아났다가, 다시 시듦, 다시 생기를 되찾는 것 같더니, 새롭게 활력을 찾는 것을 보니 실험에 성공했구나?"

김사박과 김철학은 감격에 겨워 서로를 바라보며 눈시울을 적셨다.

"예, 샘의 준비완료 메시지를 받고 곧바로 힉스물질을 전송하고, 4개의 각기 다른 감정파동을 전파했었죠. 그것이 미국에까지 빠른 전이가되었다는 것을 증명하는 중요한 실험이었어요."

"……."

박사임 샘의 전화기에서는 아무 말이 없었다.

"……."

전화기를 통하여 박사임 샘의 흐느끼는 소리가 간간히 들려올 뿐이었다.

세계 정보기관 회의

미국의 CIA, 프랑스의 DGSE, 독일의 BND, 러시아의 SVR, 중국의 MSS, 이스라엘의 Mossad, 영국의 M16, 인도의 RAW, 파키스탄의 ISI, 한국의 NIS 등 강대국의 첩보 정보국 수장들이 한자리에 모였다. 긴박하게 돌아가고 있는 지구상의 테러 위험 요소를 해결하기 위한 전략회의가 소집된 것이다.

각국 정보 수장들의 현재 발생하고 있는 테러리즘에 대한 결론은 사전 통보 없이 불특정 다수에 대하여 무차별 테러를 감행하여 일반 시민들의 불안을 한층 더 증폭시키는 효과를 노리고 있으며, 이들의 테러 목적이 불분명하여 그에 대한 대응자체가 어렵다는 것이 각국이 직면한 커다란 문제였다.

그러므로 각국의 정보기관은 서로 테러에 대한 정보 공유를 강화하고, 신속한 대응체제를 함께 강구하여야 한다는 결론을 내린 것으로 알려졌다.

힉스

더불어 예의 주시해야 하는 항목으로 테러집단이 운영하고 있는 것으로 파악되는 다국적 기업의 막대한 자금으로 세계의 주요 폭력 조직을 포섭하는 정황이 있었다. 그것에 대한 각국의 정보 교환이 필요한 시점이었다.

다국적 기업이 테러집단에 의해 운영되는 것도 위험하지만, 각국의 폭력조직을 활용하여 전 세계적으로 동시다발적 테러를 감행하는 것이 가장 위험한 부분이라는 점도 토론되었다.

더불어 다국적 기업이 갖는 특성으로 막대한 자금을 활용하여 전자, 방위, 정보통신, 무기 개발 기술 등의 고급 정보를 가진 회사들을 M&A 등을 통하여 인수 합병할 경우, 전 세계는 상상도 할 수 없는 테러와의 전쟁을 치러야 할 것이라는 결론도 유추되었다.

각국의 정보국 수장들은 정황만 확인했을 뿐 어떠한 대책도 없이 각국으로 돌아갈 수밖에 없었다.

그 후 각국의 정상들은 바쁘게 움직이고 있었다. 적대적 관계를 유지하던 미국과 소련이 테러 근절을 위한 협약을 맺었으며, 유엔에서도 각국의 정상들과 테러 근절을 위한 대책회의를 개최하였다.

그러나 테러는 세계 곳곳에서 매일같이 일어나고 있었다.

국내 조폭들의 이상한 반응

납치 시점에서 임상 실험한 힉스물질을 시험하기 위하여 김사박 부자는 국내 조폭들에게 주입된 단거리 힉스물질에 강력한 감정파동을 전파했다. 그 결과, 국내 조폭들의 심경에 변화가 오기 시작하면서 조폭들과 세계 테러분자들과의 사이에 분열 조짐이 보이기 시작했다.

경찰과 검찰이 잔뜩 긴장하여 국내 조폭들의 움직임을 예의 주시하고 있었지만, 국내 조폭들이 삼삼오오 흩어지기 시작했다. 일선에서 이런 행동을 감시하던 경찰과 검찰은 자신들의 조직 상부에 조폭들의 이상한 동향에 대한 보고를 긴급하게 타전하였다.

그러나 흩어진 조폭들은 다른 이상 행동 없이 곧바로 자신의 가정으로 돌아갔다. 가정이 없는 조폭들은 삼삼오오 모여서 자신들의 앞날에 대하여 대화를 나누었다. 그런 믿기지 않는 장면들이 반복적으로 발생하자, 목격한 경찰과 검찰의 관찰 요원들은 이런 상황을 상부에 어떻게 보고해야 될 것인지 난감하기만 했다.

그래서 보고한다는 것이 경찰은 아래와 같이 보고하였다.

'이상 징후 발생. 조폭들의 움직임이 수상하다. 지금 현재는 평화로운 모습이지만 이면에 무엇인가 다른 행동을 취하기 위한 속임수가 있는 것이 아닌지 의심스럽다.'

그리고 검찰은 이와 같이 보고하였다.

'조폭들이 연기를 하고 있다. 그들 본연의 모습이 아닌 일반인의 모습으로 자신들을 위장하고 있다. 그들 조직의 보스들의 동향을 면밀히 주시할 필요가 있다고 사료된다.'

그러나 경찰과 검찰이 염려하는 일은 일어나지 않았다. 조폭의 보스들도 조용히 가정으로 돌아갔다.
그럴수록 경찰과 검찰은 모든 신경을 곤두세우며 사소한 정보라도 얻어내려고 노력하고 있었다.

힉스 감정파동의 완성과 갈등

힉스 감정파동을 전파 받은 느낌은 아름다운 선율의 음악을 들은 것처럼, 감동적인 미술작품을 감상한 것처럼 정서가 순화되는 평온한 느낌을 가질 것이다.

—

김사박, 김철학

힉스의 파워를 경험한 김사박 부자는 드디어 힉스의 파동 전파와 증폭, 증식에 대한 실험을 피라미드 구조체를 통하여 성공시켰다.

김사박 부자는 감격에 겨워 서로를 바라보며 만면에 미소를 띠었다.

그러나 그런 기쁨도 잠시뿐이었다. 힉스의 완성과 동시에 김사박 부자는 새로운 갈등을 하게 되었다.

'인간의 감정을 인간이 인위적으로 조절한다는 것이 선과 악의 윤리적 기준으로 볼 때 과연 인간이 수행할 수 있는 일인가? 그것은 신만이 가능한 것이 아닌가?

인간이 인간을 조종한다면 그것의 결과는 어떻게 나타날 것인가? 과연 인간이 인간의 감정을 조종하여 평화를 찾는다면, 그것이 과연 평화로운 세상일까?'

이 부분에서 김사박 부자는 많은 사유의 시간을 가지게 되었다.

신이 인간에게 악의 감정을 주었다는 것은 분명히 무언가 필요하기에 주었을 것이라 믿으면서도, 의구심이 계속되는 부분임에는 틀림없었다.

왜, 신은 인간에게 악이라는 감정을 주입하였을까?

만약 인간에게 악의 감정이 없다면 우리 인간은 평화로운 삶을 영위할까?

그 부분에 대해서는 명확한 답변을 찾을 수 없었다.

토마스 아퀴나스의『형이상학적 인간 이해』에서도 그 답변을 찾을 수 없었다.

토마스 아퀴나스의 주장에 의하면, 악은 선이 제거된 상태를 의미한다. 즉, 선이 없는 상태가 악한 상태라고 했다. 그러나 선의 모든 결여가 악은 아니라고 했다.

토마스 아퀴나스의『형이상학적 인간 이해』에서 하느님으로부터 자유의지를 부여받은 인간은 마땅히 자유로워야 하지만, 인간이 자신의 자유를 남용하여 죄를 짓는 것은 필요하지 않았다. 따라서 하느님은 도덕적인 악을 그 자체로서나 부수적으로 허용했다고 말할 수 없다고 했다.

『형이상학적 인간 이해』에 나오는 위의 두 가지 이야기들을 종합해 보면, 인간의 관점에서 볼 때 하늘은 결코 악을 만들지 않았다는 것이다.

그러나 신의 관점에서 본다고 해도 과연 같은 결과의 답이 가능할까?

철학자들이 말하는 인간은 윤리적 존재, 이성적 존재라는 이유만으로 그것에 대한 답변은 되지 않았다.

그러나 이런 것은 유추해 볼 수 있다고 생각되었다. 만약 우리 인간에게 악이라는 감정이 없었다면, 우리 인간은 악의 존재 자체도 몰랐을 것이고, 우리가 행하는 악이 나쁜 것이라는 것조차 인지하지 못했을 것이다. 그렇다면 우리 인간은 악을 자행하고도 뉘우치거나, 괴로워하지도 않을 것이다. 악이라는 자체를 인지하지 못하기 때문이다.

만약에 살인을 하고도 악의 존재를 모른다면 그 어떤 죄의식도 못 느낄 것이며, 그것으로부터 파장될 그 어떤 생각도 인지하지 못할 것이다. 그렇다면 살인에 대한 사실에 대해서 그렇게 인지하지 못하다면, 폭행, 강도, 기타의 어떠한 악행에 대해서도 무지할 것이기 때문에 세상은 몹시 무질서한 세상이 될 것이다.

그래서 신은 우리 인간에게 악이라는 감정을 주입했을 것이라 유추해 생각해 볼 수 있다고 김사박 부자는 결론을 내렸다. 그러므로 아무리 악이 인간을 괴롭히는 존재라 하더라도, 인간이 함부로 악을 제거하거나 순화시키는 것이 옳은 일인지 도저히 판단할 수 없었다.

그렇기 때문에 '힉스물질을 인간의 뇌에 주입하여 인간의 감정을 조종하는 것이 옳은 것인가?' 하는 것에는 결론을 내리지 못했다. 신이 인간에게 부여한 악의 감정을 힉스라는 물질에 감정을 전이하여 그 악의 감정을 순화시키는 것은 신의 역할에 반기를 드는 모순된 일이 될 수도 있다는 생각 때문이었다.

그래서 김사박 부자는 그것에 대해서는 묻어두기로 하였다. 그리고 힉스물질에 감정의 파동을 심어 동식물에게 영향을 줄 수 있다는 결과에 만족하자고 결의하였다.

힉스

전 세계의 동시 다발적
국지전 및 테러

세계는 테러집단과 암흑세계의 조직이 연계된 게릴라식 테러에 속수무책이었다.

더구나 그런 테러 행위가 있고나서 나오는 뉴스는 각국을 테러의 주도국으로 이간질시키는 뉴스가 연일 계속되면서 전 세계가 대혼란의 미궁 속으로 빠져들었다.

세계 각국의 언론이 전하는 기사에서 연일 전 세계의 테러 발생과 국지적 전쟁에 대하여 알리고 있었다.

"터키 이스탄불 주재 현지 기자가 전해 온 소식에 의하면, 이 시각 현재 시리아와 터키 간의 분쟁이 물리적 충돌로 이어지면서 산발적인 교전이 벌어지고 있다고 합니다."

"그동안 영토와 종교적 분쟁이 끝이지 않았던 이스라엘과 팔레스타인이 오늘 아침부터 이스라엘 곳곳에 테러에 의한 폭발사고가 같은 시간대에 수십 건이 발생했습니다.

이스라엘에서는 팔레스타인 과격분자들의 소행으로 간주하고 팔레스타인 거주 지역에 공습을 감행하여 수십 명의 사상자가 발생하였습니다."

"이란과 아랍에미리트가 그동안 논란이 되었던 국경 문제를 이유로 선전포고와 함께 동시다발적 자폭테러가 발생하여 양국 간 군사적 충돌 움직임을 보이고 있습니다."

"그동안 체첸 분리 독립 및 인종, 종교 등으로 분쟁이 있었던 러시아 전역에 동시다발적인 테러가 발생하여 러시아에서는 수백 명의 사상자가 발생하였습니다. 러시아에서는 체첸 분리 독립 과격분자들의 소행으로 파악하여 그들의 본거지에 폭격을 단행하였습니다."

"인도와 파키스탄 간의 영토 · 인종 · 종교 분쟁이 계속된 가운데 양국의 주요도시에 같은 시간에 동시다발적인 폭탄테러가 발생하여 수많은 희생자가 발생하였습니다."

"중국과 일본에서도 자폭 테러 사건이 수십 건 발생하여 많은 희생자가 발생하였습니다. 특이한 것은 양국의 폭력 집단이 연루되었다는 사실이 밝혀졌는데, 그들은 그동안 있어 왔던 중국과 일본의 영토분쟁의 종식을 위하여 자행했다고 주장하는 것으로 전해졌습니다."

힉스

"스페인에서는 바스크 분리주의자들의 독립투쟁과 관련된 폭탄 테러가 발생했습니다."

"르완다에서는 '후투'족과 '투치'족 간의 종족 간 권력 장악과 자원분쟁으로 유혈 폭력사태가 발생하여 수십 명의 사상자가 발생하였습니다."

"우간다 북부지역에서 일어난 우간다 인민 해방군(정부군)과 반정부군 간의 인종과 지역감정의 내분으로 일어난 폭탄 테러 사건이 30여 건 발생하였습니다."

"수단의 다르푸르 지역에서 발생하여 계속되고 있는 종족 간에 종교 문제 및 경제 문제로 인한 폭력사태가 대규모로 발생되어 수많은 사상자가 발생되었습니다."

"소말리아에서는 독재정권의 정파 간 권력투쟁과 종교 · 인종 문제로 인한 테러가 수십 건 발생하였습니다."

"나이지리아, 앙골라, 콩고에서도 동시다발적 테러가 발생하였습니다."

세계 각국의 주요 언론들은 이번에 동시다발적으로 전 세계에서 일어나고 있는 테러는 분쟁지역의 분쟁을 더욱 심화시켜 물리적 전쟁으로 유도하기 위한 강력한 테러단체의 조직적으로 계획된 테러일 가능성에 대하여 조심스러운 의견을 제시하고 있다.

이런 가능성은 그동안 테러조직과 각국의 폭력조직 간의 자금 이동이 원활하게 이루어지고 있었다는 것을 각국의 정보기관들이 알고 있었다는 사실이 반증하는 것이라고 밝혔다.

각국에서는 자국에서 동시다발적으로 일어나는 작은 테러들로 혼란스러운 상황에서, 주변국에서 자국을 혼란에 빠뜨리고 있다는 뉴스에 이성을 잃어 가고 있었다.

전 세계는 국가 간 언론전쟁에 이어 물리적 전쟁도 불사할 상황에 처하면서, 공포의 도가니에 갇힌 모습이 되었다. 어떠한 나라도 냉철한 이성적 사고로 이 상황을 주시하는 나라가 없었다. 모두가 국내외적으로 감정적으로 대응하기 시작하면서 선전포고가 난무하기 시작하였다.

실제로 아시아와 유럽의 몇 나라는 전쟁을 선포하고, 이미 물리적 전쟁이 시작된 곳도 있었다.

그러나 한국에서 만큼은 그 어떠한 테러도 발생하지 않았다.

힉스

전 세계 공포의 도가니

결국 세계의 주요 언론들이 우려하던 일들이 현실로 나타나기 시작했다.

각국은 자신들과 분쟁이 계속되었던 나라들과의 선전포고를 쏟아내기 시작했다. 벌써 전 세계에 국지적인 물리적 충돌이 벌어지고 있었다.

핵을 보유한 국가들은 핵무기 사용을 검토 중이라고 발표하였다. 세계의 정상들은 비상연락망을 통하여 핵무기 사용을 자제하여 줄 것을 분쟁 각국에 호소하였지만, 결국 인도와 파키스탄 분쟁에서 핵무기가 발사되는 최악의 상황이 벌어졌다. 인도에서 발사한 핵무기가 파키스탄 주요도시 3곳에 투하되어 핵구름이 발생된 사진이 전 세계 언론에 동시에 전파되었다.

인도의 핵무기 사용에 각국에서도 핵무기 사용을 검토한다는 기사가 전해졌다. 전 세계 주요 언론들은 핵무기 사용이 결국에는 인류 전체를 멸망하게 만들 것이라면서, 핵무기 사용을 자제하여 줄 것을 강력하게 호소하기 시작했다.

전 세계인들은 핵무기 사용 뉴스에 경악하기 시작했다. 그동안 우려

했던 핵무기 사용이 현실로 다가오면서, 세계인들은 공포감에 휩싸이기 시작했다.

전 세계가 핵무기 사용으로 인한 최악의 상태에 빠져들기 시작했다. 극도의 공포감에 못 이겨 자살하는 사람들이 속출했으며, 공포감에서 벗어나기 위해 음주 · 음란 · 강도 · 강간 · 폭력 · 살인 · 방화 등 광란의 현장들도 세계 곳곳에서 벌어지고 있었다.

한마디로 전 세계의 사람들이 공포감에 미쳐 가고 있었다. 전 세계의 많은 사람들이 패닉 상태에 빠져들었다. 패닉 상태에 빠져들지 않고 있는 사람들이 그 광경을 보는 것만으로도 세상은 지옥으로 변해 가는 것 같았다.

힉스 살포

【세계의 뉴스】

"전세계 핵무기 16,300개"

—

스톡홀름 국제평화연구소(SIPRI) 2014. 6. 15 발표 연례보고서

SIPRI는 이번 보고서에서 기존 8개 핵보유국에 북한을 더한 9개 나라의 핵무기(핵탄두) 보유 현황(추정치)에서, 2014년 전 세계 핵무기 보유량은 지난해보다 930개(5.6%) 줄어든 16,300개로 집계됐다.

국가별로는 러시아가 8,000개로 가장 많았으며 미국이 7,300개로 뒤를 이었다. 이어 프랑스(300개), 중국(250개), 영국(225개), 파키스탄(100~120개), 인도(90~110개), 이스라엘(80개), 북한(6~8개) 순이었다.

전 세계의 종교단체에서는 극도의 공포감에 절망하는 사람들을 위하여 세계 평화를 염원하는 기도회를 개최하였다.

처음에는 종교별로 기도회를 가졌으나 점점 더 심해지는 테러와 전쟁의 공포 속에서 종교와 관계없이 많은 사람이 모인 곳이면 모든 종교인들이 공포에 질린 사람들을 위로하기 위하여 모여들었다.

그러나 테러단체들은 그런 기도 모임에까지 폭탄테러를 자행하여 수많은 희생자가 발생하였다.

그 이후로 사람들은 집단으로 모이는 것조차도 극단적으로 꺼려 하였다.

각 병원마다 정신병동이 사람들로 넘쳐났다. 우울증, 대인기피증, 외상 후 스트레스 증후군, 폐쇄공포증 등등 공포로 인한 정신병이 속출하였으며, 그것을 이겨 내지 못한 사람들의 개별적인 자살이 이어졌고, 집단 자살도 수없이 발생하였다.

전 세계의 주요 언론들은 이런 상황이 지속된다면 인류의 미래는 없다고 단언하였다. 이 상황이 최단 시간 내에 종결된다 하여도, 수많은 정신질환자의 발생으로 또 다른 나쁜 상황이 인류 전체에 불어 닥칠 것이라고 했다.

언론들은 하나같이 인류의 미래가 없다는 투로 기사를 토해냈다. 인류를 구원해 줄 것은 그 어디에서도 찾을 수 없었다.

심지어 하늘에 구원을 한다 해도 인간 스스로가 인간을 해하고자 하니, 하늘에서도 구원해줄 방법이 없을 것이란 기사도 나왔다.

드디어 김사박 부자는 결심하였다.

인간이 인간의 감정을 조종하는 일이 신의 영역이라 해도 이처럼 인류

힉스

의 절대 위기 상황에서 인간을 구원해 줄 신이 없다면 인간 스스로가 인간을 구원해야 한다는 명분을 세웠다.

그렇게 인류를 위한 사명감으로 이번 일에 힉스 감정파동 전파를 단행해야 한다는 결심을 하였다.

김사박 부자는 감정파동 전파 장치 앞에 엄숙한 자세로 서서 일단 하늘에 기도를 하였다. 자신들의 영리를 위하여 이 장치를 사용하는 것이 아니며, 인류를 위하여 사용하고자 함이니 인간을 함부로 조종하여 신의 영역을 침범하는 누를 끼치는 것에 용서를 빌었다. 그리고 이 한 번의 파동 전파로 인류가 평화를 찾을 수 있도록 도와 달라고 빌었다.

김철학이 파동을 전파할 모든 세팅을 마치고 김사박에게 말했다.

"사박아, 준비됐니?"

김사박은 파동 전파 장치의 레바를 움켜쥐면서 말했다.

"예, 아빠. 저는 준비가 되었어요."

김철학은 파동의 세기를 최대로 조절하였다. 그리고 김사박에게 지시하였다.

"김사박, 지금이야. 시작해!"

김철학의 지시에 김사박은 힘차게 레바를 올렸다.

강력한 파동을 가장 가까이에서 전송 받은 두 사람은 비틀거리며 바닥에 쓰러졌다. 두 사람 모두 코에서 코피가 흘렀다.

김철학은 아들 사박에게 엄지손가락을 치켜 올렸다. 오른손잡이였던 사박은 자신도 모르게 잘린 오른손 팔목을 들어 올렸다.

흘러내리는 코피를 잊은 채 두 사람은 말없이 서로를 바라보며 입가에 미소를 머금었다.

Higgs

다시 찾은 세계의 평화

공포, 패닉, 광란, 화염, 연기, 소음…….

그토록 공포 속으로 몰아넣었던 동시다발적 테러와 국지적 전쟁이 한 순간에 멈추어 버렸다. 영화 속에서 시간이 멈춘 것처럼 평화는 그렇게 찾아왔다.

인간이란 참으로 대단했다. 작은 감정의 변화 하나로 적대 감정을 없애고, 정신병적 아픔을 스스로 치유하였다. 그리고 서로의 아픔을 달래며, 복구의 손길을 나누었다. 아직도 아픔의 잔재가 꺼지지 않은 채 세계 구석구석마다 검은 연기가 피어오르고 있었다.

석양이 저무는 평원에서 복구 작업하는 사람들의 모습이 노을에 실루엣으로 보였다. 그 장면은 밀레의 「이삭줍기」와 「만종」을 겹쳐 놓은 것 같은 착각을 불러일으킬 정도로 평화로움 그 자체였다.

그동안 전 세계적으로 일어났던 테러와 국지적 핵전쟁의 공포에 많은 사람들이 패닉 상태 속에서 외상 후 스트레스 증후군과 우울증에 시달렸지만, 힉스에 의한 감정 조절 파동에 의하여 자연스럽게 치유되었다.

신의 구원을 받은 것처럼…….

봉달이 면회

　김사박은 세상의 모든 것이 평정을 되찾았다는 사실과 함께 평범한 일상으로 돌아왔다.

　그러자 갑자기 무엇인가 잊어버린 것 같은 기분이 들었다. 김사박은 그것이 무엇일까 한참을 고심하였다.

　'이 허전함은 어디에서 온 것일까? 세상의 평화를 이루어 내고자 그렇게 모든 열정을 불태우고, 모든 것을 잊어버리고 집중하였던 것밖에는 없었다. 그런데 이 허전함은 무엇인가? 그 열정, 그 집념이 모두 사라져 버린 공허함 때문인가?'

　그것만은 아닌 것 같았다.

　김사박은 자신이 무엇인가 잊어버리고 있다는 생각에 점점 몰입하기 시작했다.

　'무엇일까?'

　그 잊어버린 것을 찾기 전에는 아무것도 할 수 없을 것 같았다.

　꽉 막힌 공간에 갇혀 버린 느낌이었다. 너무 답답해서 아무 생각도 나지 않았다.

그러다가 그 답답함이 모두 사라지고 아무런 제약도 받지 않는 허공에 자신만이 혼자 외롭게 둥둥 떠 있는 기분이 들기도 했다. 아무것도 만질 수 없고, 어떻게 움직여야 하는지도 모르고, 그저 허공에 둥둥 떠 있는 자신의 모습이 황당하기만 하였다. 그런 기분이었다.

순간, 김사박이 주먹으로 자신의 머리를 세차게 후려쳤다.

'아, 이 멍청아, 뭐하는 거야!'

김사박은 그제야 제정신이 돌아왔다.

자신의 베프 봉달이를 잊어버리고 있었다는 죄책감에 자신의 머리를 쥐어박았다.

아팠다. 아픈 현실이 자신에게 있었건만, 그런 것을 잊어버리고 있었다니…….

김사박은 베스트 프랜드 봉달이를 찾아갔다.

봉달이는 아직도 식물인간처럼 누워만 있었다.

그래도 반가웠다. 기뻤다. 이 세상의 같은 공간에 같이 살아 있다는 것만으로도 정말 좋았다. 베프가 있으니까……

그리고 슬펐다. 도움을 줄 수 없다는 현실이…….

김사박은 봉달이의 얼굴에 자신의 얼굴을 비벼댔다. 눈물이 김사박의 뺨을 타고 흘렀다. 그 눈물이 봉달이의 눈에 떨어져, 마치 봉달이가 우는 것처럼 보였다.

김사박은 스스로 조금도 움직이지 못하는 봉달이의 몸을 어루만지며 다짐했다.

'봉달아, 조금만 참고 기다려. 이번에는 너를 위해 큰일을 한번 치를게.'

힉스

김사박은 봉달이를 위한 연구를 마음속 깊은 곳으로부터 다짐하였다. 이제부터는 친구를 위한 시간으로 삶을 살겠다고…….

봉달이와 헤어진 후 김사박은 집으로 가는 길에 갑자기 철룡이 타고 싶어졌다. 그래서 철룡을 만나러 지하 세계로 내려갔다.

희망을 가득 품은 채…….

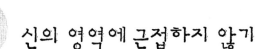

신의 영역에 근접하지 않기

철롱이 빠르게 달리는 땅속의 창백한 빛을 뒤로하고 눈부신 태양의 빛이 온 누리에 비추는 땅 위로 김사박은 올라왔다.

세상의 모든 것은 햇빛에 감사하다는 듯 환하게 웃고 있었다. 김사박 또한 땅속의 창백한 빛에서 벗어나 태양의 빛을 한껏 받고 보니, 저절로 마음이 따듯해짐을 느낄 수 있었다.

물질문명의 편리함에서 벗어나 정신문명의 상징과도 같은 태양을 맞이하는 상황이 어쩌면 김사박에게는 더 익숙한 현실인지도 모르겠다는 생각을 했다.

세상이 아무리 바뀌어도 인간의 정서 속에 자리 잡은 태양은 언제나 항상 같은 자리에 같은 모습으로 그 자리를 지켜 주기에, 인간은 마음의 영원한 안식처를 갖고 있는 것과 같다고 생각했다. 태양의 물질적·정신적 존재감 때문에 인간의 희로애락을 마음껏 펼칠 수 있었던 것이 아닌가 생각해 보았다.

인간의 역사 속에서 인간은 항상 신의 영역에 도전하였다.

힉스

첨탑을 세워 신에게 가까이 하려고 했었고, 자신들이 신이 된 듯 다른 모든 생명체의 생명을 함부로 다루기도 하였다. 신의 위치에서 보면 아주 하잘것없는 존재인 인간들이 이 세상을 온통 자신들만의 세상인 양 인간들의 편의를 위하여 다른 모든 것을 힘으로 지배하려 하였다.

그 결과, 지구의 환경은 인간의 눈으로는 화려해 보일지 몰라도 다른 생물들의 입장에서 보면 황폐화되어 가고 있었다. 그것을 아는지 모르는지, 인간은 그저 과학이라는 힘으로 세상의 모든 것을 가질 수 있다고 자만하고 있었다.

세상을 창조하신 신이 있다면, 분명히 많은 화를 내고 계시리라.

판데믹[*]의 공포

【긴급 뉴스 전문】

유엔 안보리, 에볼라 바이러스 대책 긴급회의…
전 세계적 재앙 공식화

유엔 안전보장이사회(안보리)가 악화일로로 치닫고 있는 서아프
리카의 에볼라 바이러스 확산 사태에 대한 대응책을 마련하기 위
해 오는 1일(현지시간) 긴급회의를 개최한다고 AP, AFP 등 주요
외신들이 일제히 전했다.

에볼라 바이러스 감염으로 인한 전 세계 사망자가 4천 명을 넘
어선 가운데, 감염자가 3~4주마다 2배로 늘어날 것이라는 분석
이 나왔다.

힉스

세계보건기구(WHO)는 지난 8일까지 에볼라로 7개국에서 8천 399명이 감염돼 4천 33명이 숨졌다고 10일(현지시간) 발표했다.

인간 대 인간의 전쟁이 평화의 모드로 변환되고 세계의 모든 것은 안정되어 가고 있는 지금 현재, 지구상에 또 다른 커다란 일이 발생하고 있다.

아프리카 지역의 질병을 연구하던 전염병 전문 박사는 "인류를 위협하는 판데믹의 징조가 보이고 있습니다. 이에 대한 전 세계적인 대비책이 필요합니다."라고 말했다.

이 인터뷰가 짤막하게 전해진 후, 세계의 주요 언론들은 긴급 통신으로 전 세계에 동시다발적으로 타전하고 있다.

"판데믹 확산을 막아라. 인류의 생존이 위험 수준에 있다."

"인간 대 인간의 전쟁에서 인간 대 바이러스와의 전쟁이 시작되었다."

전 세계의 각 통신은 판데믹의 전 세계 확산은 시간문제라고 전하고 있다.

*판데믹(Pandemic) : 세계적으로 전염병이 대유행하는 상태를 의미하는 말. 세계보건기구의 전염병 경보단계 중 최고 위험등급에 해당되는 등급.

아들의
이야기

    사실, 고등학생이라 학업이 중요한 시기인 만큼 책의 구성이나 집필에 있어 내 역할은 크지 않았다. 단순히 전체적인 줄거리의 구성이나 내용에 있어 아이디어를 제시하거나, 아버지가 집필한 내용에서 어색한 부분이 등장하거나 어휘의 난도가 높은 경우에 조언을 드리는 정도였고, 대학수학능력시험이 끝난 뒤에도 상담, 논술, 또 여태껏 미뤄 왔던 유희들을 핑계 삼아 책의 검토를 미루며 도움이 되었다기보다 오히려 해를 끼치지 않았을까 하는 걱정이 앞선다.

    하지만 결국 끝을 맺어 책의 집필을 완료했다는 것이 중요하다고 생각한다. 더군다나 이 책을 내는 것으로 부자의 책 쓰기가 끝을 맺는 것이 아니라, 이번 일을 계기로 책을 내는 것을 시작하는 것이므로 이번 경험을 좋은 발판으로 삼아 앞으로 더 정진하고 싶은 마음이다.

힉스

책을 공저하며 갈등도 있고 내용 전개에 있어 서로의 생각이 달라 충돌도 많이 했지만, 다른 공저 작가들과는 다르게 아버지와 아들이라는 관계가 책의 집필을 이끌어 가는 데 있어 큰 역할을 하지 않았나 싶다.

우리 부자가 나름 힘겨운 과정을 겪으며 책의 집필을 완료했듯이, 이 책을 읽은 독자들도 처음 호기심에 책을 읽기 시작했지만 책에 완전히 몰두하여 하루 이틀 만에 독서를 완료했다기보다 책을 읽다가도 밀려드는 일이나 다른 사소한 일들로 어느샌가 책을 책장 한구석에 놓아둔 채로 있다가 다시 생각나서 읽기를 반복하고 끝끝내 이야기의 결말을 보고자 나름 힘겨운 과정을 겪으며 책을 다 읽었으리라 생각한다. 책의 내용에 과학적인 요소도 많고 기타 전문지식이 잡다하게 많이 들어가 있어, 아마 끝까지 흥미를 가지고 읽기에는 힘들었으리라 생각된다.

그럼에도 불구하고 끝까지 책을 다 읽어 주신 독자분들에게 감사의 말씀을 전하며, 이렇게 평범한 부자도 책을 쓰는 만큼 책을 읽은 독자분들도 책 쓰기라는 새로운 경험을 접해 볼 수 있도록 권유하는 바이다.

아빠의
이야기

2013년 초(아들 고2, 딸 고1)에 아들이 담임 선생님들—1학년 담임 호진 샘, 이 소설에서 물리 샘의 모델이 된 2학년 담임 지연 샘, 3학년 담임 석주 샘 등 얼마나 많은 이야기를 들었으면 성은 생각나지 않아도 이름은 기억에서 지워지지 않는다—에 대한 자신의 깊은 인상에 대하여 대화하던 도중, 아들과 함께 책을 써 보면 어떨까 하는 의견 교환을 시작으로 이 책을 쓰게 되었다.

'힉스'라는 소재는 아들이 인터넷 기사에서 1960년대에 주장했던 가설만으로 노벨상을 수상할 수 있냐며 질문을 해오면서 관심을 갖게 되었다. 실제 1964년에 가설을 주장했다. 그리고 2013년에 다른 과학자들이 그것을 증명하였다. 그런데 노벨상은 가설을 주장한 사람들이 수상하였다.

그 질문에 답을 못하고 노벨상 수상 기사를 읽는 순간, 머릿속에서 이야기들이 자연스럽게 전개되기 시작했다. 그렇게 해서 이야기의 주요 모델과 소재가 결정되었고, 우리들의 소설은 시작되었다.

아들이 기숙사에서 돌아오는 주말이면, 서로 집필 전략 회의도 진행하고 다양한 소재를 어떻게 접목시킬 것인가에 대한 의견도 개진하면서 참 즐거운 시간을 보내었던 기억이 새삼스럽다.

그러던 중 2013년 7월 말이 되어 50이 넘은 나에게 오십견(어깨근막 유착증후군)이 찾아왔다. 2013년 8월 초에 어깨 수술을 받고 통증이 유발되는 재활치료를 받는 과정에서 잠시 책 쓰기에 대한 진행은 중단될 수밖에 없었다.

어깨의 통증이 어느 정도 멎고 재활치료가 안정기에 접어들 즈음부터 다시 책 쓰기를 재개하려고 하였지만, 처음과 같은 열정은 아니었다. 아들은 벌써 고등학교 3학년이 되어서 입시 준비로 바빠졌고, 나 또한 다른 것을 준비하면서 책 쓰기는 그렇게 물 건너가는 것처럼 시간이 지나갔다. 그러면서 깨끗이 포기할까 하는 생각을 잠시 해 본 적도 있었다.

그러나 아들과의 약속을 깨뜨릴 수는 없었다. 어쩌면 그것이 아들과의 신뢰 관계에서의 가장 중요한 시간일 수도 있겠다는 생각이 너무 강하게 뇌리를 헤집고 다녔다.

그래서 다시 아들이 주말에 돌아올 때마다 구성에서부터 스토리 전개 과정까지 짤막하게 토론하였다. 그리고 정리된 토론 과정에 대한 진행을 이메일로 주고받으면서, 점점 이 책의 형체를 갖추어 가게 되었다.

그렇게 2013년 초에 시작한 공동 집필이 조금씩 진행되어 2014년 10월쯤에 겨우 완결하게 되었다. 물론 완성도는 많이 떨어졌지만, 그래도 결말을 보았다는 것에 많은 자긍심을 느끼고 있었다.

이제부터 수정과 교정을 하여야 하는데, 아들은 수능 준비 때문에 시간을 낼 수가 없었다. 그래서 우선 내 나름대로 수정 과정을 거치고, 아들은 수능일인 2014년 11월 13일 이후에 아들이 보는 관점에서의 수정을 진행하기로 하였다.

처음에 책을 공동집필하기로 하였을 때는 2학년 말(2013년 말)에 책을 출간하는 것을 목표로 하였건만, 어느덧 2년여의 시간이 흘러서 3학년 졸업 전에 출간을 목표로 하게 되었다. 그래도 그게 어딘가? 아들과 같이 내 생에 처음 써 보는 책을 출간하게 되었는데…….

아무튼 즐거움과 고통과 괴로움이 공존하는 가운데, 우리 부자의 생각과 시간이 녹아든 책을 출간하게 되어 기쁠 따름이다. 거기에 더불어 우리 딸도 책 표지 디자인을 예쁘게 그려 주어, 함께했다는 것에 기쁨이 배가되었다. 이 책을 쓰는 동안 물심양면으로 도와준 애들 엄마에게도 그 공을 같이하고 싶다.

주변의 모든 지인들에게 감사드리며 소회를 마칩니다.

힉스